Der Gott des Krieges

Uwe Siebert

Der Gott des Krieges

Pandämonium Verlag

2. überarbeitete Auflage Mai 2012

Copyright ©2010 Uwe Siebert & Pandämonium Verlag
Layout: Lars Peter Kronlob
Umschlagbild: Faethor
Druck und Vertrieb: Books on Demand GmbH, Norderstedt

Made in Germany

ISBN: 978-39813482-1-7

Vorwort
von Holger Pinter

„Der mächtige Held mit den wunderbaren Kräften, der auf einem Finger den Berg Govardhan heben und sich mit dem Glanz des Universums erfüllen kann, ist jeder von uns: nicht das physische Selbst, das uns der Spiegel zeigt, sondern der innere König."

Joseph Campbell – Der Heros in tausend Gestalten

Wie? Jeder Mensch ein Held? Gibt es überhaupt noch einen Platz für Helden, wenn der Mount Everest schon von fitten Blinden und Teenagern bestiegen werden kann? Andererseits sind es auch Zeiten, in denen ein Rentner von Jugendlichen totgeschlagen wird, die er auf das Rauchverbot an einem Bahnsteig hingewiesen hat. Zeiten, in denen doch tatsächlich darüber diskutiert wird, ob dieser Hinweis eine unnötige Provokation war.

Oder verlangen solche Zeiten mit Nachdruck nach einem Helden, der so rot sieht, wie Charles Bronson in seinem berühmten Film? Ein solcher Held brauchte wirklich Courage, denn genau in diesen Zeiten, nämlich im Frühling 2010, mußte ein Mann Schmerzensgeld an einen Einbrecher zahlen, den er mit einer Eisenstange verprügelt hatte. Dabei hat dieser Einbrecher noch vor diesem Urteil mit zwei weiteren Einbrüchen bewiesen, daß er noch nicht genug verprügelt worden war.

Heute lassen sich „Helden" in Politikerreden beweihräuchern, die gegen Hitler oder den Klimawandel aufstehen.

Und weil Hitler zu tot und der Klimawandel zu theoretisch ist, um sich zu wehren, darf heute jeder so ein „Held" sein. Wir sollen ja auch alle gleich sein. Egal, ob Mann oder Frau. Egal, mit welchen Fähigkeiten die Natur uns ausgestattet hat. Und behindert ist man nicht, heißt es nun. Behindert wird man. Hauptsache, die Gesinnung stimmt. Daß dieser „Held" das Weite sucht und uns im Stich läßt, wenn es gefährlich wird, müssen wir als menschliche Schwäche tolerieren, denn in unserer Defizit-Gesellschaft sind es die Schwächen, die den Menschen ausmachen. Der letzte Rest von Risiko, den wir in Zusammenhang mit diesen „Helden" noch wahrnehmen, ist das Risiko, von ihren Geschichten zu Tode gelangweilt zu werden.

Wenn wir uns den klassischen Helden zuwenden, erkennen wir zwei besondere Helden-Typen: Den, der das Abenteuer sucht, und den, der vom Schicksal in die Rolle des Helden getrieben wird. Was beide Typen gemeinsam haben, ist die Würde, mit der sie Einsamkeit und Verzweiflung ertragen.

Der klassische Held, der das Abenteuer sucht, wird wahrscheinlich einen entsprechenden Beruf wählen. In Literatur und Film sind solche Helden oft Soldaten oder Privatdetektive. James Bond ist ein perfektes Beispiel. Ein Beispiel für den unfreiwilligen Helden finden wir im eingangs schon erwähnten „Ein Mann sieht rot" mit Charles Bronson, wo der Protagonist wohl in seinem Architekturbüro geblieben wäre, wäre seine Familie nicht Opfer eines Verbrechens geworden.

Die ganz großen, epischen Helden haben oft beide Rollen gespielt. Odysseus suchte und fand Ruhm und Ehre in den zehn Jahren des Kampfes um Troja. Seine darauf folgende Irrfahrt, die weitere zehn Jahre dauerte, war nicht geplant. Er behauptete sich trotzdem.

Bei Uwe Sieberts Larkyen verläuft die Geschichte in umgekehrter Reihenfolge. Der Held lebt ein friedliches Nomadenleben, bis ihn das Gemetzel an seinem Stamm zum Kampf zwingt. Nachdem Larkyen mit den Übeltätern aufgeräumt hat, kehrt er aber nicht in sein altes Leben zurück. Ein Mensch, der das Potential seiner Möglichkeiten begriffen hat, kann nur noch unglücklich werden, wenn er hinter diesen Möglichkeiten zurück bleibt. Das ist, nebenbei erwähnt, die Ursache der meisten Zivilisationskrankheiten. Daß Larkyen einer Bestimmung folgt, rückt ihn in die Nähe des mythischen Helden. Und die archaische Umgebung, in der er seine Abenteuer erlebt, steht für die Zeitlosigkeit der Geschichte und sollte uns nicht den Blick darauf versperren, daß Larkyen ein Held für das 21. Jahrhundert ist. Was wir von ihm lernen dürfen, ist zu tun, was wir können, um zu werden, was wir sind. So folgen wir unserer Bestimmung, statt der breiten Masse. Ob uns das zum Helden macht, muß jeder selbst entscheiden. Denn es sind immer unsere eigenen Entscheidungen, die uns zu dem machen, was wir sind. Die Zeit der Ausreden und der Sündenböcke neigt sich dem Ende zu. Sollte Ihnen diese Philosophie zu hoch sein, können Sie sich auch einfach ganz hervorragend unterhalten lassen!

„Der moderne Held, der Mensch von heute, der es auf sich nimmt, dem Ruf zu folgen und die Stätte jener Kraft zu suchen, mit der allein unser ganzes Geschick gestillt werden kann, kann und darf nicht warten darauf, daß die Gesellschaft ihren Pfuhl von Hochmut, Furcht, heuchlerischem Geiz und verstellter Feindseligkeit bereinigt.

Der Gott des Krieges

„Lebe, als ob der Tag da wäre", heißt es bei Nietzsche. Nicht die Gesellschaft hat den schöpferischen Heros zu lenken und zu erretten, sondern er sie. Und so teilt jeder von uns das höchste Gottesgericht und trägt das Kreuz des Erlösers – nicht in den Augenblicken großer Stammessiege, sondern im Schweigen seiner einsamen Verzweiflung. "

Joseph Campbell – Der Heros in tausend Gestalten

„Kraft herrscht über alles Lebendige,
bestimmt was Recht und Unrecht ist. "

Ragnar Redbeard
Might is Right

Der Gott des Krieges

In einer längst vergessenen Zeit großer Kriege und Abenteuer, lebte Larkyen, der im Schein einer schwarzen Sonne geboren wurde.

Im Mannesalter nach einer schweren Verwundung von den Toten auferstanden, besaß er fortan außergewöhnliche Fähigkeiten:

Unsterblichkeit, einer der größten Wünsche der Menschen. Insbesondere jener, die nach mehr streben als in einer natürlichen Lebensspanne zu erreichen wäre. Und ebenso all derer, die ihre fleischliche Existenz als etwas Einzigartiges und unschätzbar Wertvolles erkannt hatten.

Schiere Unverwundbarkeit – von denen herbeigesehnt, die den Klingen und Klauen ihrer Gegner niemals unterliegen wollten.

All jene, denen diese Gaben zuteil wurden, nannten sich Kinder der schwarzen Sonne.

Für die Menschen, waren sie die Götter ihrer Zeit.

Seit jeher suchte die Kinder der schwarzen Sonne ein Hunger heim, den kein anderes Lebewesen kennen konnte – der Hunger nach der Energie des Lebens.

Sie zehrten von der Lebenskraft der Menschen und Tiere, und brachten ihnen den Tod.

Dennoch wurde Larkyen, dem Sohn der dritten schwarzen Sonne, viel Ruhm unter den Menschen zuteil.

Gefürchtet als Rächer und verehrt als großer Krieger, zog er durch die Welt, in dem Wissen, dass seine Geschichte für die Ewigkeit bestimmt war ...

Prolog

Über den Ufern des Kharasees kreisten noch immer die Aasvögel. Immer wieder ließen sie sich am Boden nieder, um ihren Hunger auf einem Feld aus totem Fleisch zu stillen.

Hunderte kedanische Krieger lagen hier mitsamt ihren Reittieren seit dem Ende des letzten Herbstes und verrotteten. Schon nächsten Sommer würden außer ihren Waffen und Rüstzeug nur noch ihre sauber abgefressenen Gebeine hier zurückbleiben. Und an all jene, die einst für große Kriege geboren wurden, würde man sich im Norden der Welt nur noch in Geschichten erinnern.

Die schimmernden Raubtieraugen des Riesen beobachteten noch lange Zeit dieses Feld der höchsten Ehre.

Das letzte Mal, als er hier gewesen war, hatten noch gewaltige Gletscher diesen Teil der Welt unter sich erdrückt. Heute war es eine endlos erscheinende Steppenlandschaft, die von den Stämmen der Majunay bewohnt wurde.

Nahe dem Wasser hatte der Riese eine kleine Gruppe von fünf Majunay erspäht, die zwischen den Toten umherstreiften. Sie fledderten die Leichen derer, die sie zu Recht gefürchtet hätten, als sie noch lebendig waren.

Mit Abscheu musterte der Riese die fünf Männer.

Ihrer Gier nach schienen sie nicht den Nomadenstämmen anzugehören, sondern zu lange in zwielichtigen Vierteln einer Stadt zugebracht zu haben. Ihre Körperhaltung, ihr Gang, ihre schlaffen Muskeln, all das wies sie als geschwächte Existenzen der Zivilisation aus. Längst hatten sie sich von der Natur ihrer Art entfernt.

Nur den Starken gebührte Ehre, nur den Starken gebührte das Leben, alles andere war für die Vernichtung bestimmt.

Zu lautlos für eine Gestalt seiner Größe bewegte sich der Riese vorwärts auf seine auserkorenen Opfer zu. Die Plünderer bemerkten ihn erst, als es zu spät war.

Angst stand ihnen in die Augen geschrieben, als er einen von ihnen mit seinen großen Händen packte und in die Höhe hob.

Durch die bloße Berührung zerfiel der Leib des Plünderers binnen eines Atemzuges zu Staub.

Keiner von ihnen entging seinem Griff, und allesamt zerfielen sie unter seinem Bann zu Staub, der vom Wind über die ruhigen Gewässer des Kharasees hinweggetragen wurde.

Fünf Männer, fünf Leben, deren Kraft – so gering sie auch war nun den mächtigen Leib des Riesen erfüllte.

Das Getrappel von Hufen erklang. Der Riese wand sich witternd dem Geräusch entgegen, und seine Raubtieraugen erspähten zwei Dutzend Soldaten der Majunay, die das Banner des schwarzen Drachen auf rotem Tuch mit sich führten.

Sie trugen schwarze Rüstungen aus leichtem Metall, ihren drahtigen Leibern in eleganter Form angepasst. Eiserne Masken bedeckten ihre Gesichter und imitierten durch filigran gearbeitete Konturen unmenschliche Züge. Die Soldaten Majunays galten als gute Krieger. Es hieß, sie seien weise und wüssten die Stärke ihrer Gegner gut einzuschätzen.

Dennoch begingen sie den Fehler, ihre Waffen zu ziehen …

Der Kampf dauerte nicht lange, dann war alles vorbei. Der Riese stand inmitten der Überreste von dreiundzwanzig toten Soldaten, deren Fleisch dem Getier frische Nahrung bieten würde.

Die hinter Eisenmasken verborgenen Gesichter mochten noch von der Ehrfurcht zeugen, die sie im Moment ihres Todes empfunden hatten, als sie erkannten, wem sie da gegenüberstanden.

Ihm, der einst begonnen hatte zu atmen, während die Sonne in der Geschichte der Welt zum ersten Mal schwarz wurde. Ihm, mit Namen Nordar, den die Menschen des hohen Nordens als den Gott des Krieges verehrten.

Nur einen der Soldaten hatte Nordar am Leben gelassen. Er hob den verwundeten Mann zwischen den Überresten seiner gefallenen Kameraden hervor und sah ihm tief in die Augen.

Lange war es her, dass Nordars Lippen Worte geformt hatten. Seine Stimme klang rauh und uralt, während er sprach: „Soldat, nenne mir deinen Namen."

Der Verwundete wandte seinen Blick ab und antwortete mit bebender Stimme: „Hauptmann Ahiro, von den Reitern des schwarzen Drachen."

„Hauptmann, ich grüße dich. Ist dir dieses Schlachtfeld bekannt? Gehörst du zu denen aus deinem Volk, die hier letzten Herbst gegen das kedanische Heer kämpften?"

Hauptmann Ahiro nickte zaghaft.

„Kämpfte ein Krieger an eurer Seite, dessen Kampfkraft die eines gewöhnlichen Menschen übertraf?"

„Ja", keuchte Hauptmann Ahiro.

„Wie sah er aus?"

„Er war westlicher Herkunft. Es hieß, er sei ein Kentare. An seiner linken Hand trug er ein dunkles Mal, eine lodernde Sonne. Und seine Augen waren wie deine."

„Wie lautete der Name dieses Kriegers?"

„Er hieß Larkyen."

Nach dieser Antwort zerfiel der Leib des Hauptmanns zu Staub und bröselte auf die Rüstungen seiner gefallenen Kameraden hinab.

Kapitel 1 – Im Reich des Löwen

Zwanzig Tage waren vergangen, seitdem Larkyen begonnen hatte, von Norden aus an der Grenze des Landes Majunay entlang zu reiten. Die zerklüftete Berglandschaft grenzte zum Westen hin an das rauhe Land Kanochien, das sich über einen Teil des beinahe endlos erscheinenden Altoryagebirges hinweg erstreckte. Die felsigen Regionen boten nicht viel Raum für Zivilisation. Nur wenige Siedlungen, hatten die Kanochier inmitten eines von harten Wintern gepeinigten Hochlandes gründen können.

Der Pass nach Westen war ein gefahrvoller Weg, doch Larkyens kedanisches Pferd erwies sich als ausdauernd und zuverlässig. Und längst hatte er eine Art Zuneigung zu dem riesenhaften Ross entwickelt.

Larkyen war stets wachsam, und seine Sinne so scharf wie die besten Klingen der Völker des Ostens. Immer wieder spähte er unter der Kapuze seines weiten Umhangs auf die umliegenden Felsgipfel.

Bei den wenigen Menschen, die ihm bisher begegnet waren, handelte es sich meist um zwielichtige Händler. Sie alle hatten Larkyen gemieden, denn auch wenn sein Leib wie der eines Menschen aussah, so war er doch keiner.

Schulterlange kastanienbraune Haare umrahmten sein kantiges Gesicht, das die Augen eines Raubtiers barg. Unter den dichten Brauen schimmerten sie auf fremdartige Weise in dunklem Grün.

Larkyens Haut war glatt und frei von Makeln und erinnerte an das Antlitz einer marmornen Statue.

Der Lederhandschuh an seiner Linken verbarg ein pechschwarzes Mal auf dem Handrücken, in Form einer lodernden Sonne – ein Zeugnis der Übermenschlichkeit.

Denn einst, vor über zwanzig Wintern, war Larkyen im Schein einer schwarzen Sonne geboren worden. Und wie alle, die in ihrer Finsternis zu atmen begonnen hatten, besaß auch Larkyen außergewöhnliche Gaben. Doch neben der gewaltigen Körperkraft, die seinen drahtigen Leib erfüllte, den Selbstheilungskräften und der ewigen Jugend, war die Gabe, die Kraft anderer Lebewesen aufzunehmen und diese Kräfte als die eigenen zu gebrauchen, die unheimlichste seiner mannigfaltigen Fähigkeiten. Trotzdem konnte er nicht verleugnen, wie sehr er seine übernatürliche Macht genoss.

Das Ziel seiner Reise, war das Land Kentar. Die Heimat seiner Vorväter, gelegen im Westen der Welt. Der Weg dorthin war weit, aber Larkyen gelangte schneller voran, als es ein Mensch je hätte schaffen können. Längst verspürte er nicht mehr den Drang, essen, trinken oder schlafen zu müssen, denn der Leib eines Kindes der schwarzen Sonne benötigte nichts dergleichen. Eine Rast legte er nur ab und zu seinem Pferd zuliebe ein, und der kräftige Hengst benötigte davon nur wenig.

Schon zum nächsten Herbst hin, so hoffte Larkyen inständig, würde er endlich die Heimat seines Volkes mit eigenen Augen erblicken können. Oftmals versuchte er sich in Gedanken auszumalen, wie das kleine Land an den Ufern des grauen Meeres heute wohl aussah.

Wie tief mochten die Spuren sein, die der einst im Westen herrschende große Krieg hinterlassen hatte?

Vor wenigen Tagen hatte endlich das Tauwetter eingesetzt. Der Schnee schmolz vereinzelt und legte mit Felsgestein durchsetzte Wiesen frei. In großer Zahl plätscherten Bäche an den umliegenden Hängen hinab.

Am Rande eines lichten Waldstücks legte Larkyen die erste Rast in Kanochien ein.

Und während das Pferd graste, wollte sich Larkyen wieder einmal in der Kampfkunst üben.

Er zog sein Schwert aus der Scheide. Die magische Klinge trug den Namen Kaerelys und glitzerte auf unnatürliche Weise in kühlem Blau.

In Larkyens Händen war jene Waffe ein verheerendes Werkzeug der Massenvernichtung.

Während sich der Blick seiner Raubtieraugen auf dem makellosen Stahl widerspiegelte, hörte er im Geiste wieder die Todesschreie seiner Feinde.

Mit dem Schwert Kaerelys in der Hand, vollführte Larkyen einen Tanz tödlicher Präzision. Dabei achtend auf Haltung, Angriff und Verteidigung. Seine Bewegungen verursachten nicht den geringsten Laut.

Wäre er beobachtet worden, hätten die anderen lediglich einen rasenden Schatten inmitten der Wildnis erblickt und einen immer wieder durch die Luft fahrenden blauen Blitz.

Mit Ehrerbietung dachte er bei jeder seiner Übungen an seinen Lehrmeister Khorgo zurück, einen Veteranen der Reiterhorden Majunays. Vieles hatte Larkyen durch ihn in der Kampfkunst erlernt. Und bereits als er das erste Mal ein Schwert in die Hand nahm, wusste er, dass er für den Kampf bestimmt war. Der Umgang mit der Waffe und das Töten des Feindes waren für ihn nichts, woran er sich erst hätte gewöhnen müssen. Vielleicht lag ihm der Kampf tatsächlich im Blut, wie der Lehrmeister an jenem Tage gesagt hatte.

Dennoch galt es für ihn, im Streben nach stetiger Verbesserung, die erlernte Kampfkunst auch weiterzuentwickeln.

Denn jene, die nicht strebten und sich jeglicher Entwicklung verschlossen, würden an ihrem eigenen Stillstand zugrunde gehen. – Eine Weisheit der Krieger.

Ein plötzliches Knacken im Unterholz ließ Larkyen innehalten. Sein grasendes Pferd wurde unruhig und schnaubte. Beinahe zeitgleich hatten sie etwas gewittert.

Das Knacken wurde lauter, kam näher und näher.

Larkyen erspähte im Wald einen Bären. Doch das Tier war bei weitem größer als seine Artgenossen. Anhand grauweißer Streifen, mit denen das braune Fell durchsetzt war, erkannte Larkyen einen der gefürchteten Gebirgsbären.

Es gab Berichte, dass diese mächtigen Raubtiere nicht davor zurückschreckten, in ihrem Hunger nach Beute, sogar Handelskarawanen der Menschen anzugreifen.

Noch im selben Moment brach der Bär durch das Dickicht und sprintete auf das Pferd zu.

Der Hengst bäumte sich abwehrend auf. Er traf den Bär mit seinen Hufen.

Nur kurz wich der Bär zurück. Er schüttelte seinen rundlichen Kopf. Dann öffnete sich sein Maul zu einem Brüllen. Mit einer seiner furchteinflößenden Tatzen, holte er zum Schlag aus. Die Krallen würden dem kedanischen Hengst eine verheerende Wunde reißen, die früher oder später unweigerlich zum Tod führte.

Doch bevor sein Pferd ein Opfer des Gebirgsbären werden konnte, stellte sich Larkyen dem Raubtier in den Weg.

Er sah dem Bär direkt in die Augen. Das Tier knurrte und senkte die Tatze wieder.

„Ruhig", flüsterte Larkyen.

Vorsichtig bewegte er sich auf den Bären zu, versuchte fortwährend Blickkontakt zu halten.

Er kam den Kopf des Tieres so nahe, dass er dessen heftige Atmung in seinem Gesicht spüren konnte. Kurz öffnete der Gebirgsbär sein Maul und stieß ein leises Grollen aus. Lediglich ein Bissen von ihm würde genügen, um den Kopf eines Menschen zu verschlingen.

Doch längst hatte der Gebirgsbär in Larkyen ein übernatürliches Wesen erkannt. Tiere wussten instinktiv, wann sie sich einem überlegenen wie auch gleichartigen Geschöpf gegenübersahen.

Und so streckte der Unsterbliche seine Hand zu einer Berührung aus, die das eben noch so gefährliche Raubtier über sich ergehen ließ.

Das Fell war dick und buschig, die Muskeln darunter hart. Larkyen fühlte den Herzschlag des Bären in seinen Fingerspitzen.

Die Lebenskraft des Raubtiers war beeindruckend. Larkyen hätte sie in diesem Augenblick nehmen können, doch nur ungern wollte er einem Tier den Tod bringen.

Es waren die Tiere, die sich ihrer Natur anpassten, mit ihr im Einklang lebten und ihrer Bestimmung nachkamen. Larkyen bewunderte sie dafür, und darum verdienten sie das Leben mehr, als manche unter den Menschen.

Als Larkyen seine Hand zurücknahm, zuckte der Gebirgsbär für einen Moment zusammen.

Noch einmal wandte er seinen rundlichen Kopf zu dem Pferd, das sich abermals aufbäumte, bevor er sich in den Wald zurückzog.

Larkyen sah der Größten aller Bärenarten noch lange nach.

Die Umgebung wurde mit dem Verlauf des weiteren Weges immer ebener. Die wenigen Wiesen waren hier zumeist von hüfthohen Steinmauern umgeben, um die Kühe und Schafe, denen sie als Weideland dienten, beisammen zu halten.

An einer der Mauern stand ein Hirte und winkte Larkyen zu. Der Mann schien von Alter und schwerer Arbeit gebeugt. Sein bis zum Kinn hochgezogener Wollumhang schützte ihn vor der Kälte und betonte seine hagere Gestalt. Auf einen langen Stab gestützt, sah er zu Larkyen auf.

„He, Fremder", rief der Hirte und entblößte beim Sprechen lediglich einige Zahnstümpfe. „Es kommt nicht alle Tage vor, dass meine müden Augen einen wie dich aus dem Osten reiten sehen."

„Was heißt einen wie mich, alter Mann?"

Der Hirte lächelte und sagte: „Einen, der wie du aus dem Westen stammt, einen weißen Mann. Du willst wohl zum großen Fest? Du kommst spät, drei Tage dauert es nun schon an."

„Von was für einem Fest sprichst du?"

„Natürlich vom Löwenfest", antwortete der Hirte. „Es ist wieder soweit. Immer wenn der Winter sein Ende nimmt, lädt unser König Elay, mögen die Götter stets mit ihm sein, die Völker der Welt zu einem Wettstreit ein. Da wir ein neutrales Land sind, werden alle Fehden und Kriege außerhalb der Landesgrenzen für kurze Zeit vergessen. "

„Ich habe von diesem Fest gehört", sagte Larkyen. „Als Höhepunkt bekommen die Gäste die Gelegenheit, sich abseits blutiger Kriege miteinander zu messen. Der Gewinner kann für sich den Titel *Löwe von Kanochien* beanspruchen."

„Hat dich die Kunde also auch erreicht", sagte der Hirte und setzte ein breites Grinsen auf. Dann fuhr er fort: „Sei ehrlich, Fremder. Um die Ehre des Titels geht es doch den wenigsten, viel eher um den Preis. Gierst auch du nach den beiden Rubinen? Man nennt sie die Augen des Löwen. Unser König überreicht sie persönlich. Faustgroß sollen sie sein und so rot wie Blut."

„Was scheren mich Rubine", entgegnete Larkyen.

„Könntest ein reicher Mann werden. Hast doch nichts als ein Pferd."

„Und das ist alles was ich derzeit brauche."

„Unsinn", krächzte der Hirte höhnisch. „Sprichst fast wie einer dieser dreckigen Nomaden aus Majunay. Ich kann dir viel von ihnen erzählen. Denn in jungen Jahren, da zog es mich einmal in ihre Stadt Dakkai. Doch diese rothäutigen Schlitzaugen sind keine guten Gastgeber, wenn es um Menschen geht, die nicht ihrem Volk entstammen. Sie halten sich für was Besseres."

Larkyen schüttelte nur spöttisch den Kopf und ritt weiter.

„Wenn du beim Fest bist, gib acht. Es sind auch viele Schlitzaugen dort."

Unfreiwillig musste Larkyen an die Berichte seines Adoptivvaters Godan denken, der immer wieder erzählt hatte, wie viel Skepsis die Angehörigen vieler Völker den Majunay gegenüber zeigten. Denn das Majunayvolk, das über eine enorme Begabung für die Kunst des Schmiedens und Kämpfens verfügte, teilte dieses Wissen nicht mit anderen Völkern und pflegte auch seine Traditionen. Seit jeher legten die Steppenbewohner Wert darauf, ihr Blut nicht mit dem anderer Völker zu vermischen.

Larkyen war einer der wenigen Fremdstämmigen gewesen, denen einst die Vermählung mit einem Weib vom Blut der Majunay gestattet wurde.

Schon bald erblickte Larkyen ein großes Lager aus Zelten. Der Rauch vieler Kochfeuer stieg auf und wehte den Duft von gebratenem Fleisch und würziger Suppen heran. Gelächter erklang, vermischt mit tosendem Beifall und dem Rufen vieler Stimmen in vielen Sprachen.

Beim Näherkommen sah er hölzerne Stände und Tische, an denen Händler ihre Waren feil boten. Ihr Angebot reichte von Kräutern über Felle und Teppiche bis hin zu Kleidern und Tieren.

Viele Menschen der unterschiedlichsten Völker tummelten sich in einer dichten Traube.

Muskulöse Kedanier, deren Haut so weiß wie der Schnee ihrer Heimat im Norden war, schlitzäugige Majunay, dunkelhäutige Zhymaraner aus dem Süden. Vereinzelt waren auch die Menschen des Westens vertreten, die sich in ihrem Auftreten ähnelten. Ihre Haut war weiß, ihre Haare blond bis braun und ihre Augen waren von der blauen Farbe des Himmels oder dem Grün der Wälder.

Die einheimischen Kanochier machten den Großteil der Festbesucher aus. Die Männer aus ihrem Volk waren stämmig, mit weißer Haut und starker Körperbehaarung, die Frauen zierlich, mit vollen Gesichtern und geflochtenem Haar. Die Farbe ihres Haares war durchweg schwarz, ihre Augen bernsteinfarben, gleich denen der Majunay.

Die Kanochier galten als freundlich und zuvorkommend gegenüber Fremden. Wenig war über Kriegshandlungen ihrerseits bekannt.

Auf einem hohen Holzpodest war ein ausgestopfter Löwe zur Schau gestellt, der soeben zum Sprung ansetzte. Während das Maul des Tieres zu einem Brüllen geöffnet war, starrte es bedrohlich auf eine mit Blutflecken übersäte Strohmatte herab.

Ein bärtiger Kanochier betrat die Matte und rief: „Hört nun zu, die letzte Runde der Kämpfe um den Titel des Löwen von Kanochien kann beginnen!"

Die Menschen strömten herbei und versammelten sich in einem weiten Kreis um die Kampfesstätte.

Auf dem Rücken seines riesigen kedanischen Pferdes konnte Larkyen den bevorstehenden Kampf gut überblikken.

Der Kanochier hob seine rechte Hand und rief den Zuschauern zu: „Der erfolgreichste Kämpfer des diesjährigen Festes stammt aus dem Nachbarland Majunay: Yenovar, vom Stamm der Oyenki. Ist jemand mutig genug, gegen Yenovar anzutreten?"

Ein Raunen ging durch die Zuschauer.

Ein kräftig gebauter Zhymaraner mit kahlem Schädel trat auf die Strohmatte und ließ sich von der Zuschauerschar bejubeln. Trotz des kalten Windes entblößte er seinen Oberkörper, spannte die Muskeln an und rief der Menge Worte in einer fremden Sprache zu.

Der Kanochier zeigte sich begeistert. „Hier haben wir einen weiteren tapferen Kämpfer: Ahmarzan aus Zhymara nimmt es mit Yenovar auf."

Dem Zhymaraner trat nun ein Majunay gegenüber, der vor der hünenhaften Gestalt des Südländers eher klein und schmal wirkte. Er war älter als der Dunkelhäutige, sein kurzes Haar bereits mit grauen Strähnen durchsetzt. Auch der Majunay entledigte sich seiner Oberkörperbekleidung und offenbarte sehnige Muskeln.

Ehe er die Strohmatte wieder verließ, deutete der Kanochier auf den Majunay und rief: „Yenovar!"

Der bevorstehende Kampf erinnerte Larkyen nur zu gut an alte Fehden zwischen den beiden Völkern. Und ein jeder der Kämpfer ließ sein Gegenüber all die empfundene Verachtung füreinander spüren.

Larkyen unterbrach seinen Ritt, um sich den Kampf anzusehen.

Der Zhymaraner stampfte brüllend auf den Majunay zu, um ihn mit seinen großen Händen zu erfassen. Der Majunay jedoch war flink und konnte der Attacke ausweichen. Dann ging er selbst zum Angriff über.

In den Manövern des Majunays erkannte Larkyen die Schläge und Griffe wieder, die er bei seiner Ausbildung zum Krieger selbst hatte erlernen müssen. Ihm drängte sich der Verdacht auf, dass jener Kämpfer einst Soldat gewesen war. Zu präzise und gekonnt verlief jegliche Bewegung.

Tatsächlich dauerte es nicht lange, und der Majunay beförderte den Zhymaraner mit einem gezielten Tritt gegen die Schläfe in tiefe Bewusstlosigkeit.

Aus den Reihen der Zuschauer erntete er sowohl Jubel als auch Schreie der Verärgerung. Ein unzufriedener Zhymaraner stürmte aus der Menge hervor, um den Majunay zu attackieren. Eine Kombination aus Schlägen und Tritten hagelte auf den neuen Kämpfer ein, und ehe er sich versah, fand er sich neben seinem Volksgenossen am Boden der Strohmatte wieder.

Die Zuschauer lachten. Nur die Zhymaraner unter ihnen nahmen den Sieg des Majunay verärgert zur Kenntnis.

Der Kanochier betrat erneut die Matte.

„Gibt es weitere tapfere Männer, die es mit diesem Majunay aufnehmen wollen? Wer will der dreißigste Gegner für diesen Kämpfer sein?"

Als kein weiterer Mann die Matte betrat, rief der Kanochier: „Dann haben wir hier und heute einen Sieger: Yenovar vom Stamm der Oyenki, aus dem Volk der Majunay. Der neue Löwe von Kanochien!"

Die Zuschauer applaudierten und johlten.

Larkyen wollte gerade weiter reiten, als ihm auffiel, dass mehrere Majunay unter den Zuschauern ihn anstarrten. Zwei von ihnen unterhielten sich und gestikulierten. Trotz des Stimmengewirrs entging es Larkyens übermenschlichen Sinnen nicht, dass das Gespräch von ihm handelte. Sie nannten ihn den Gott der Rache.

Ein Majunay im Knabenalter, dessen Gesicht jugendliche Unerfahrenheit widerspiegelte, trat auf Larkyen zu. Seine bernsteinfarbenen Augen wirkten ernst.

Er drängte er sich an das kedanische Riesenpferd und streichelte mit seinen Fingern über den muskulösen Hals des Tieres.

„Ein prächtiges Pferd", sagte der Knabe. Als der Hengst laut schnaubte, zog der Knabe erschrocken die Hand zurück.

„Sei lieber vorsichtig", sagte Larkyen, „Mein Tier ist schnell erzürnt und es gibt keine kräftigere Rasse unter den Pferden."

„Der Hengst stammt aus Kedanien, nicht wahr?" fragte der Knabe. „Ich habe ein solches Tier noch nie aus der Nähe gesehen."

„Sei froh", gab Larkyen zurück, „denn für gewöhnlich sitzen Kedanier darauf, und für einen Jungen wie dich können die Nordmänner den Tod bedeuten."

Der junge Majunay begann Larkyen zu mustern.

„Verzeih, Herr!" Der Junge mied es, ihm direkt in die Augen zu blicken. „Aber du bist Larkyen, der Beschützer Majunays, nicht wahr? Ich bin Arnyan."

Ein älterer Majunay zog den Knaben zurück und sagte: „Herr! Der Junge wollte dich nicht belästigen. Wir haben dich erkannt und wissen, wer du bist. Der Junge hat zu viele Geschichten über dich gehört. Sei dir gewiss, dass uns die Begegnung mit dir eine hohe Ehre ist."

Lange verbeugte sich der alte Mann, und der Knabe tat es ihm gleich.

„Bitte erhebt euch", bat Larkyen.

„Pah", schnaubte plötzlich eine tiefe Männerstimme. Ein hochgewachsener Kedanier mit langem blondem Haar schob den alten Mann beiseite. Der Nordmann war noch jung, doch die Narben in seinem bartlosen Gesicht zeugten von vielen Kämpfen. Auf seiner Stirn prangte eine rote Rune in Form eines Blitzes. Er ballte die rechte Hand zur Faust und schlug sich auf die Lederrüstung über seiner Brust.

„Eine Ehre ist es euch Schlitzaugen also?" höhnte er. „Nun, auch mir wäre es eine Ehre, dir den Kopf abzuschlagen, Larkyen."

„Was glaubst du, wer du bist?", rief der alte Majunay aufgebracht, „Das ist kein einfacher Mensch, es ist ein Gott!"

Längst war die Aufmerksamkeit der Menge geweckt, und hunderte Augenpaare richteten sich nun auf Larkyen und den Kedanier.

„Ein Gott?", rief der Kedanier. „Gott – so werden all jene genannt, die nicht sterblich sind und mächtigste Gaben besitzen. Ich bin Kverian, und ich sehe keinen Gott vor mir, sondern einen einfachen sterblichen Menschen, der sich mit fremdem Ruhm zu schmücken versucht. Kämpfe gegen mich, Larkyen, du Freund der elenden Schlitzaugen."

Larkyen, der sich seiner Überlegenheit bewusst war, erwiderte beschwichtigend: „Ich bin nicht dein Feind, Kverian von den Kedaniern. Noch gelüstet mir danach, gegen dich zu kämpfen."

„Feigling!" brüllte der Kedanier und winkte weitere Nordmänner heran. Einer von ihnen packte den Knaben Arnyan und legte ihm die Hand um die Kehle.

Eine Majunayfrau drängte auf den Knaben zu und kreischte: „Lasst meinen Sohn!"

Ein bärtiger Nordmann stieß sie lachend zurück.

„Lasst ihn gehen", bettelte der alte Majunay. „Er ist nur ein Junge. Er ist kein Gegner für euch."

„Kämpfe", forderte Kverian von Larkyen, „Kämpfe gegen mich, oder bei Nordar, der Hals dieses Jungen wird brechen wie ein Zweig. Und wenn dir das noch immer nicht reicht, so schwöre ich dir, dass ich mit meinen Männern die Gäste dieses Festes abschlachten werde wie Vieh."

Der junge Arnyan war außerstande, sich aus dem festen Griff der großen Kedanierhände zu befreien. Hektisch rang er nach Luft, und in seinem Gesicht zeichnete sich Todesangst ab.

Larkyen hatte keine andere Wahl. Und der kedanische Hochmut hatte längst seinen Zorn geweckt.

Er stieg vom Pferd.

„Keine Klingen, keine Beile", befahl er, „Ich will dich nicht töten. Nach dem Kampf lasst ihr den Jungen gehen und verschwindet von hier."

Kverian grinste und nickte zufrieden, bevor er auf die Strohmatte zuging.

Larkyen legte Umhang und Schwert ab und folgte dem Kedanier.

Sie standen sich standen nun auf der Matte gegenüber. Auch der Kedanier entledigte sich der Lederrüstung. Die Muskeln auf seinem von Narben übersäten Körper waren gewaltig – nicht umsonst galten die Kedanier als das stärkste Volk der Welt.

Larkyen streifte sich das weiße Wollhemd ab und entblößte ebenfalls seinen Körper. Jeder Muskel war aufs äußerste gespannt und zeichnete sich unter seiner Haut ab. Auch wenn er bereits gegen Hunderte von Feinden gekämpft hatte, waren ihm dennoch keinerlei Narben geblieben, denn jede seiner Wunden heilte augenblicklich. Es sollte nicht lange dauern, bis sein Gegner begriff, dass er sich einem der gefährlichsten Geschöpfte der Welt gegenüberstehen sah.

Larkyen sprang mit einem weiten Satz auf Kverian zu und schleuderte den Hünen mit einer beinahe spielerischen Bewegung an den Rand der Matte.

In den Gesichtern der Zuschauer zeichnete sich blanke Fassungslosigkeit ab.

Kverian rappelte sich sofort wieder hoch. Er war ziemlich weit entfernt von seinem Gegner gelandet, doch schon stand Larkyen wieder bei ihm.

Der Unsterbliche packte Kverian mit beiden Händen an der Kehle und zerrte ihn auf die Beine. Larkyens Griff war von solcher Kraft, dass der Kedanier endlich die

Überlegenheit seines Kontrahenten anerkannte. In der Natur gibt es immer jemanden, der stärker ist.

„Befiehl deinen Leuten, den Jungen sofort frei zu lassen", knurrte Larkyen.

Larkyen lockerte seinen Griff, um dem Nordmann die nötige Luft zum Sprechen zu gewähren.

„Lasst ihn frei", keuchte Kverian.

Der Knabe rannte zurück zu den Majunay und wurde von seiner Mutter mit einer Umarmung empfangen.

Larkyen ließ von Kverian ab.

Der Nordmann sank röchelnd auf die Knie. Erst jetzt bemerkte Larkyen, dass es seinem Gegner während des Kampfes gelungen war, ihm den Lederhandschuh abzustreifen. Nun starrte Kverian auf Larkyens Handrücken. Das Mal der schwarzen Sonne war entblößt und für alle ersichtlich.

„Dann bist du also wirklich der, von dem im Norden und Osten die Kunde geht", keuchte Kverian. „Der Bezwinger von Boldar der Bestie, der einsame Vernichter einer Siedlung von großen Kriegern. Du bist kein Mensch, doch verehren will ich dich nicht. In manchen Teilen der Welt mag deine Rache gerecht sein, nicht aber in meiner Heimat."

Nur unter Mühen gelang es Kverian, sich von der Matte zu erheben. In seinem Gesicht spiegelte sich Verachtung wider.

Es war der Knabe, der Larkyen Umhang und Schwert reichte. Erneut haftete der Blick des jungen Majunay an der in eine Lederscheide gehüllten Waffe. Die energievolle Präsenz des Schwertes Kaerelys ließ die Luft geradezu knistern.

Kverians Augen weiteten sich.

„Du trägst das Schwert Nordars", stellte der Nordmann fest. „Der Kriegsgott schmiedete einst diese machtvolle Waffe für Boldar. Hältst du dich für würdig sie zu führen?"

„Du weißt viel, Kverian von den Kedaniern", knurrte Larkyen, „Doch erkenne die Vorausbestimmung an, dass ich nun der Herr dieses Schwertes bin."

„Solange, bis auch du vernichtet wirst", zischte Kverian.

Der Kedanier kehrte Larkyen den Rücken und verschwand mit seinen Landsleuten in der Menschenmenge. Larkyen sah ihnen misstrauisch nach.

„Verfluchte Barbaren", grummelte Yenovar, der sich um den Titel des Löwen von Kanochien verdient gemacht hatte.

„Herr, erlaube mir, dass ich mich dir nun vorstelle", sprach der Majunay und seine Stimme bebte. „Ich bin Yenovar vom Stamm der Oyenki. Veteran der Reiter des schwarzen Drachen."

Daraufhin verbeugte sich Yenovar tief vor Larkyen. Auch der Unsterbliche kam dem Brauch des Ostens nach.

„Herr, es wäre uns eine Ehre, wenn du uns in unser Lager begleiten würdest", bat Yenovar und winkte einladend in Richtung einer Reihe von Jurten. „Es war immerhin der Sohn des Häuptlings, für den du diesen Kampf ausgetragen hast. Du sollst unser Gast sein."

Larkyen konnte nicht ablehnen, allein schon weil er darauf brannte, Neuigkeiten aus dem Steppenland zu erfahren.

Er nahm sein Pferd an den Zügeln und folgte dem Majunay.

Schnatternde Rufe von Zhymaranern verfolgten sie, und Larkyen konnte nur erahnen, welche Flüche sie bargen. Doch war er sich auch gewiss, dass zumindest im Moment keine Gefahr mehr drohte.

Im Lager der Majunay sorgte Larkyens Besuch für große Aufregung. Schnell hatte sich herumgesprochen, wer ihr Gast war.

Larkyen war verwundert, einen ganzen Nomadenstamm abseits der Steppen Majunays vorzufinden. Selbst ihr Schamane kam aus seinem Zelt hervor und nickte dem Unsterblichen zu. Was mochte die Männer, Frauen und Kinder, die ihr ganzes Leben in der Steppe zugebracht hatten, dazu bewegt haben, bis nach Kanochien zu reisen?

Der Gewinn zweier großer Rubine, konnte kein Grund sein, denn die Nomaden machten sich nichts aus derartigen Besitztümern. In diesem Punkt aber sollte sich Larkyen irren.

Ein Mann im mittleren Alter, der ein prächtiges Bärenfell über seinen Trachten trug, trat Larkyen entgegen.

Yenovar stellte ihn als den Häuptling Beonay vor. Das Gesicht des Stammesoberhauptes war ernst, seine Stirn von vielen Sorgenfalten zerfurcht.

„Danke", war das erste, was der Häuptling zu Larkyen sagte. „Danke, dass du meinen Sohn Arnyan vor den Nordmännern gerettet hast."

„Ich helfe, wann immer ich helfen kann."

„In Zeiten wie diesen kommst du also zu uns. Der Schamane hat dein Kommen bereits vorhergesehen."

Während Larkyens Pferd versorgt wurde, setzte er sich zusammen mit Angehörigen des Stammes um ein Lagerfeuer.

„Diese Zeit ist von einem großen Wandel geprägt", fuhr der Häuptling fort, „Das Jahr des Drachen ist zu Ende, und das Jahr des Wolfes hat begonnen. Es wird ein schweres Jahr für den Stamm der Oyenki und auch für viele andere Stämme werden. Seitdem du, Larkyen, die nordischen Horden zurückgeschlagen hast und Majunay den Frieden wiederbrachtest, hofften wir alle auf eine bessere Zukunft. Doch wir sollten uns irren. Unsere Heimat ist im Begriff, sich zu verändern. General Sandokar hat sich selbst zum Großfürsten des Landes ernannt und lässt seine Truppen aufstocken. Der Großfürst will ein starkes Majunay, zu dessen Sicherheit und Wehrhaftigkeit jeder seinen Beitrag leisten soll. Er hat eine Wehrpflicht eingeführt, die jeden Mann im Alter von fünfzehn bis fünfunddreißig auferlegt, seinem Land als Soldat zu dienen.

Es gibt jedoch die Möglichkeit, sich von dieser Pflicht freizukaufen. Deshalb ist der Stamm der Oyenki nach Kanochien gekommen. Wir ließen Yenovar, der vor langer Zeit zu Sandokars Reitern gehörte, am Wettstreit um den Löwen von Kanochien teilnehmen. Morgen früh wird Yenovar seinen Preis, die Augen des Löwen, in Empfang nehmen. Dann können wir mit den beiden Rubinen zurück in unsere Heimat und unseren gesamten Stamm über Generationen hinweg vor der Wehrpflicht bewahren."

Larkyen konnte kaum glauben, was er da hörte. Seit jeher war Majunay die Heimat der Nomadenstämme gewesen, die in Freiheit und Frieden durch die fast endlosen Weiten der Steppe zogen. Doch die Weisungen aus Dakkai, der einzigen Großstadt des Landes, würden das Gesicht dieser außergewöhnlichen Kultur verändern.

Ein Teil von Larkyen würde diesen Wandel bedauern, ein anderer Teil von ihm jedoch begrüßte die wachsende Wehrhaftigkeit des Landes. Mit Völkern verhielt es sich wie mit den Lebewesen in der Natur – jedes von ihnen wurde mit einem Überlebenstrieb geboren, und zu diesem Trieb gehörte auch die Fähigkeit, sich härteren Zeiten anzupassen.

„Yenovar!" rief es plötzlich aus der Ferne. Ein Majunay in einem weißgrauen Schafsfellmantel kam zum Feuer gerannt. In seinem Gesicht zeichnete sich Besorgnis ab. Außer Atem stützte er die Hände auf seine Knie.

Yenovar erhob sich vom Feuer und legte dem Neuankömmling beruhigend eine Hand auf die Schulter.

„Was ist geschehen?" fragte er.

„Yenovar", keuchte der Majunay, „wie du es mir aufgetragen hast, beobachtete ich das Lager der Zhymaraner. Sieben von ihnen sind zum Lager der Kedanier aufgebrochen und wurden von Kverian empfangen. Ich bin ihnen unauffällig gefolgt. Ich glaube sie führen etwas im Schilde."

„Einer Zusammenkunft von Kedaniern und Zhymaranern haftet stets etwas Unheilvolles an", sagte der Häuptling der Oyenki. „Doch wir sollten keine voreiligen Schlüsse ziehen."

„Trotzdem bin ich in Sorge, mein Häuptling", sagte Yenovar, „Denn noch immer hassen sie unser Volk. Noch immer streben sie nach einem Krieg gegen jeden einzelnen Majunay. Früher oder später werden sie uns angreifen."

Im faltigen Gesicht des Häuptlings spiegelte sich Skepsis wieder. „Sie mögen kriegerisch sein, doch Kanochien ist neutraler Boden. Und die Zhymaraner hingegen wurden das erste Mal zum Fest geladen. Denkst du nicht auch, dass sie den Frieden wahren?"

„Die Fehden zwischen unseren Völkern sind schon zu alt und die Narben zu tief, als das es noch möglich wäre, Frieden zu schließen. Völlig egal, wer unseren Stamm angreift, wir haben ihnen nichts entgegenzusetzen. Ich bin der Einzige unter den Oyenki, der zum Kampf ausgebildet wurde, und ich kann nicht einen ganzen Stamm beschützen."

„Sie werden euch nicht angreifen, solange ich in eurer Nähe bin", sagte Larkyen. „Morgen, nach der Übergabe der Augen des Löwen, reist ihr zurück in eure Heimat. Ich begleite euch bis an die Grenzen Majunays, und sie werden es nicht wagen, die Grenze eurer Heimat zu passieren. Doch für die Zukunft rate ich euch: Erlernt den Umgang mit der Waffe. Seid fähig, für euch zu kämpfen und zu töten."

„Wir Nomaden sind keine Krieger", seufzte der Häuptling.

„Dennoch könnt ihr nicht Zeit eures Lebens auf die Hilfe der Götter vertrauen. Denn auch die Götter sind Fleisch und Blut und können nicht an jedem Ort der Welt zugleich sein. Darum beschwöre ich euch: Lernt euch zu verteidigen, oder ihr werdet untergehen. Diese Zeit duldet keine Schwachen."

Larkyens Worte klangen hart, aber wahr. Er wünschte dem Stamm der Oyenki, dass seine Männer, Frauen und Kinder von der Erfahrung verschont blieben, die Larkyen machen musste, ehe er als Unsterblicher vom Tode auferstanden war.

„Da ist noch etwas Merkwürdiges", sagte Yenovar und zog sämtliche Blicke auf sich. „Die rote Blitzrune auf Kverians Stirn weist ihn als einen Kriegsschamanen aus. So nennt man jene Kedanier, die den Pfad des Kriegers und des Schamanen in sich vereinen. Dennoch, im Zweikampf hätte ein Mann wie er selbst jemanden mit deiner Macht bis zu seinem eigenen Tod bekämpft. Und dass er sich nach einer öffentlichen Niederlage einfach so zurückzieht, sieht ihm nicht ähnlich."

Nun erhob sich Larkyen vom Feuer und verkündete: „Wenn die Nacht hereinbricht, werde ich herausfinden, was im Lager der Kedanier geschieht und ob euch Gefahr droht."

Keiner vom Stamm der Oyenki wagte es, Larkyens Plan als leichtsinnig oder gar größenwahnsinnig zu bezeichnen. Für sie war er ein Gott. Die Krieger des Nordens würden seine Anwesenheit gar nicht bemerken, denn ihre Sinne waren die von Menschen.

Kapitel 2 – Ein Sturm zieht auf

Das Lager der Kedanier war klein. Ihre fünfzehn Rundzelte waren mit gegerbten Fellen bespannt. Viele der Nordmänner hielten sich im Freien auf.

Aus einer der Unterkünfte drangen die lauten Stimmen von Kedaniern und Zhymaranern. Der Akzent der Südländer war unverkennbar, sie schienen zu streiten.

Der Sohn der schwarzen Sonne bewegte sich auf das Zelt zu und gelangte hinter dem Rücken eines nordischen Hünen ins Innere. Regungslos verharrte Larkyen in einer schattigen Ecke. Er beobachtete und lauschte aus nächster Nähe. Sieben Zhymaraner standen vier Kedaniern gegenüber. Auch Kverian war unter ihnen. Der blonde Nordmann trug nun ein zerfurchtes Kettenhemd, schlug sich mit der Faust auf die Brust und verharrte dann mit verschränkten Armen vor einem glatzköpfigen Zhymaraner. Larkyen erkannte in ihm den Südländer Ahmarzan wieder, der gegen Yenovar im Kampf verloren hatte. Ahmarzans Gesicht war von Schwellungen übersät, die breite Nase gebrochen.

„Euch gelüstet nach Kampf", sagte Kverian, „und ich kann euren Verdruss verstehen, doch seid euch gewiss, wenn ihr die Majunay im Beisein Larkyens angreift, wird das euer Ende sein."

Der glatzköpfige Zhymaraner versuchte, die Sprache des Nordens und Ostens zu sprechen. Mit starkem Akzent sagte er: „Ich bin ein großer Krieger, so wie deine Männer des Nordens. Wir kennen keine Furcht. Und ich frage dich, Kriegsschamane, warum willst du nicht an unserer Seite das Blut der Männer und Frauen Majunays vergießen? Einst marschierten unsere Heere Seite an Seite gegen die Hauptstadt Majunays."

„Was einst war, ist nicht mehr von Belang", sprach Kverian, „Ihr wart nicht mehr als ein Mittel zum Zweck.

Unsere Völker sind zwar nicht verfeindet, doch Verbündete sind wir längst nicht mehr."

„Selbst ihr lasst unser Volk im Stich. Zhymara steht allein da." Ahmarzans Stimme war von schierer Verzweiflung geprägt. „Wir brauchen Verbündete für den Kampf gegen Majunay. Selbst der König Kanochiens lehnte unsere Gesuche ab. Daraufhin nahm ich am Kampf um den Titel des Löwen von Kanochien Teil, um auf diese Weise die verdiente Aufmerksamkeit zu erlangen. Was können wir nun noch anderes tun, als durch Blutvergießen unserer Stimme Gehör zu verschaffen?"

„Tut was ihr wollt", gab Kverian zurück, „mir ist es gleich. Die Gründe für unseren Aufenthalt in Kanochien sind zweierlei."

„Was ist los mit dir, Nordmann? Prahltest du nicht vor dem Mann aus dem Westen mit deiner Bereitschaft, das Blut der Gäste zu vergießen?"

„Es geschah nur, um Larkyen zum Kampf zu bewegen", erklärte Kverian. „Um ihn geht es hier, und er ist nicht nur ein einfacher Mann."

„Was ist er dann?" fuhr der Südländer dazwischen. „Was ist das für ein Krieger, der dich, Kverian, einen Kriegsschamanen Kedaniens, wie ein Balg durch die Luft wirft?"

„Er ist kein Mensch", erklärte Kverian, „für manche ist er sogar ein Gott. Und er wird eure Leben fressen, wenn ihr die Waffen gegen den Stamm der Oyenki erhebt!

Ich trat ihm nur gegenüber, um zu prüfen, ob er auch wirklich der Gesuchte ist.

Von höchster Instanz erhielt ich den Auftrag, ihn zu finden. Und seit heute habe ich Gewissheit."

„Der letzte der vier Stürme." Der Südländer starrte zu der Blitzrune auf Kverians Stirn.

„Ja", zischte Kverian, „er ist es, der Larkyen verlangt."

Ahmarzan nickte nur und sprach: „Dann leb wohl, Kriegsschamane. Ich werde mit meinen Männern beraten, was nun zu tun ist."

Die sieben Zhymaraner verließen das Zelt.

Einen Moment lang erwog Larkyen den Gedanken, Ahmarzan und seine Landsleute zu verfolgen und noch heute Nacht auszulöschen, um jedwede Gefahr für den Stamm der Oyenki abzuwenden. Doch war es gerecht, über jene zu richten, die zwar von Unrecht gesprochen, es jedoch nicht begangen hatten? War jede Drohung bereits einen Tod wert?

Larkyen wollte seine Hoffnung darauf setzen, dass die Südländer Kverians Warnung ernst nahmen.

Mochte der Drang nach Selbsterhaltung und der Wille zu leben jene Männer Zhymaras davon abhalten, Blut zu vergießen.

Auch Kverian trat hinaus, und Larkyen folgte dem Kriegsschamanen. Er gierte danach, weitere Informationen von den Kedaniern zu erhalten und blieb als lebender Schatten stets in ihrer Nähe.

Die Nordmänner zechten, aßen und sangen Lieder von Kampf und Eroberung. Im Vergleich zu seinen Landsleuten verhielt sich Kverian jedoch sehr zurückhaltend. Im vernarbten Gesicht des Kriegsschamanen regte sich keine Miene.

Plötzlich verließ Kverian die anderen Kedanier. In einigem Abstand zum Lager suchte er sich einen offenen Felsvorsprung. Die Silhouette des muskulösen Kriegsschamanen zeichnete sich vor einem bleichen Vollmond ab. Seine Augen schienen die Dunkelheit der Nacht durchdringen zu wollen.

Larkyen, der nur wenige Schritte hinter dem Nordmann stand, ließ ihn in dem Glauben, allein zu sein.

Kverian begann in die Dunkelheit zu sprechen: „Erhöre mich, Gott des Krieges, höre meine Stimme, Nordar! Ich bin Kverian von den Kedaniern, der zu dir spricht."

Daraufhin erklangen Wortfetzen im Wind. Zu Anfang war es nur ein Wispern, dann sprach eine kehlige Stimme: „Was willst du, Kriegsschamane?"

„Ich habe meinen Auftrag erfüllt", erklärte Kverian. „Ich habe den gefunden, den du suchst."

„Larkyen!" donnerte die Stimme.

Larkyen fuhr zusammen, und eine furchtbare Ahnung beschlich ihn.

„Ja", sagte Kverian. „Mit eigenen Augen habe ich das Mal der schwarzen Sonne auf seiner Haut gesehen. Und er trägt das von dir geschmiedete Schwert. Er ist der, den du verlangst. Er ist der Bezwinger Boldars."

„Du hast ein gutes Werk vollbracht, Kriegsschamane. Erwarte meine baldige Ankunft."

„Es wird mir eine Ehre sein, dich hier mit meinen Männern willkommen zu heißen", sagte Kverian. „Wir alle sind dir treu ergeben."

„Aus Frieden wird Krieg!" donnerte die Stimme, und ein Sturm schien über den Felsen hinwegzufegen.

Als wieder Stille eingekehrt war, trat Kverian an dem Kind der schwarzen Sonne vorbei und ging zurück in sein Lager.

Larkyen sah ihm einige Zeit lang nach, bevor er zu den Jurten des Oyenkistammes zurückkehrte.

Obwohl es spät in der Nacht war, erwartete beinahe der gesamte Stamm Larkyens Ankunft am Feuer.

Zusammen mit dem Häuptling trat Yenovar auf Larkyen zu und sah ihn fragend an.

„Was hast du herausgefunden. Was planen unsere Feinde?"

„Die Kedanier haben kein Interesse an euch", sagte Larkyen. „Der Grund ihrer Anwesenheit ist ein anderer."

„Und der wäre?"

„Eine Angelegenheit, die allein mir obliegt."

„Doch was ist mit den Zhymaranern?" fragte Yenovar.

„Solange ich bei euch bin, droht euch keine Gefahr", antwortete Larkyen.

Für den Rest der Nacht zog sich Larkyen zurück. Abseits des Feuers und der Jurten saß er zwischen einer Reihe Bäume in der Dunkelheit. Der Wind piff durch das kahle Geäst, und manchmal glaubte Larkyen, er würde noch immer Stimmen mit sich bringen.

Larkyen begann über die Bedrohung nachzudenken, die ihm selbst galt. Ganz bewusst hatte er dem Stamm nichts davon erzählt, denn er wollte sie nicht noch mehr in Sorge versetzen.

Sie erzählten sich seine Geschichte, doch was wussten sie schon von all dem Grauen. Hinter sich ließ Larkyen eine Welt zurück, die für ihn nunmehr mit Strömen von Blut besudelt war.

Und während er im Stillen nach Antworten forschte, kehrten die Erinnerungen wieder einmal zurück.

Während des letzten Sommers war das Land Majunay dem grausamen Eroberungsfeldzug eines kedanischen Heeres unter der Führung von Boldar der Bestie ausgeliefert gewesen.

Die Kedanier töteten Larkyens Weib. Er verlor alles, was er je geliebt hatte. Und der verzehrende Geist der Rache ergriff von ihm Besitz.

Doch der Gott der Kentaren, mit Namen Tarynaar, ein Kind der zweiten schwarzen Sonne, war Larkyen erschienen und hatte ihn davor gewarnt, der Rache zuviel Geltung zu verschaffen. Der Kriegsgott Nordar, so hieß es, würde erzürnt sein.

Larkyen aber war es gleich gewesen, ob er mit seinen Taten den Zorn einer nordischen Gottheit oder eines ganzen Volkes auf sich ziehen würde.

Er hatte Boldar bis zu dessen Siedlung im Herzen Kedaniens verfolgt.

Dort hatte Larkyen den Tod seiner Liebsten grausam gerächt. Manchmal sah er sich im Geiste wieder den vielen kedanischen Männern, Frauen und Kindern gegenüberstehen. Erlebte, wie sie zu Hunderten durch seine Hand starben, wie ihr Blut den Schnee rot färbte und in der Kälte zu dampfen begann.

Gnadenlos war Larkyen gewesen und hatte niemandem am Leben gelassen. Bestie nannten ihn manche nun, für andere war er zum Gott der Rache geworden.

Er bereute nichts und würde niemals Reue empfinden – Schmerz für Schmerz, Blut für Blut, Tod für Tod, so lautete das Gesetz der Rache.

Plötzlich hörte Larkyen menschliche Schritte näherkommen, darauf bedacht, nicht den geringsten Laut zu erzeugen.

Der Knabe Arnyan, der Larkyen bereits bei seiner Ankunft auf dem Löwenfest so eingehend gemustert hatte, tastete sich durch die Nacht. Er streifte die Äste einiger Bäume und fuhr zusammen, als Larkyen sich ihm zu erkennen gab.

„Was führt dich zu mir?" fragte der Unsterbliche.

Der Knabe blieb stehen und antwortete zaghaft: „Herr, ich würde dich gern etwas fragen."

„Deine Frage muss sehr wichtig sein, wenn du bei tiefster Nacht hier draußen herumschleichst. Frag mich, was du willst."

„Es heißt, du seist nicht immer der gewesen, der du heute bist. Einst hättest du wie wir in der Steppe Majunays gelebt. Doch wenn das stimmt, wie wurdest du zu dem, der du heute bist?"

Larkyen, der das Geheimnis um die schwarze Sonne gegenüber den Menschen wahren wollte, antwortete nur: „Ich bin gestorben."

Der Knabe schien sich eine andere Antwort erhofft zu haben. In seinem Gesicht zeichnete sich Enttäuschung ab.

„Aber ...", murmelte der Knabe.

„Es ist genug, Arnyan!" Eine Männerstimme schnitt ihm das Wort ab.

Yenovar trat hinter dem Knaben hervor. Der einstige Soldat fand sich in der Dunkelheit weitaus besser zurecht als Arnyan. Die Schritte des Mannes waren selbst für Larkyens feines Gehör beinahe lautlos.

„Schlaf jetzt, Arnyan", sagte Yenovar. „Es ist schon spät, und morgen wirst du deine Kräfte noch brauchen. Es ziemt sich nicht für einen Häuptlingssohn, zu nachtschlafender Zeit herumzustreunen."

Der Knabe nickte kurz und wagte es nicht, dem Mann zu widersprechen. Er deutete eine Verbeugung an und zog sich zurück.

„Arnyan verehrt dich sehr", erklärte Yenovar. „Der Junge hörte des Abends an den Feuern die Geschichten von dir und deinem Kampf gegen die Kedanier. Seitdem bist du in seinen Gedanken."

„Wichtig ist, dass er in mir nicht seinen Gott sieht oder auf meinen Beistand hofft, denn den kann ich ihm nicht geben."

„Er ist nur ein Junge, er weiß es nicht besser. Er muss noch viel lernen. Eines Tages aber wird er Häuptling des Stammes der Oyenki sein."

„Gib auf ihn acht und sorge dafür, dass ihm auch der Umgang mit dem Schwert vertraut wird. Wenn der Stamm sich Sandokars Truppen nicht anschließen will, dann unterrichte du sie in der Kampfkunst."

„Das ist es, worüber ich mit dir sprechen wollte. Die Oyenki sind keine Krieger, und aus ihnen werden auch nie welche werden. Deine Worte von vorhin haben die meisten Stammesmitglieder verstört. Auch wenn ich weiß, dass du Recht hast. Aber die Oyenki sind nicht geschaffen für den Kampf.

Was ich dir nun anvertraue, erfuhr ich von einem alten Freund bei den Reitern des schwarzen Drachen. Weder Häuptling Beonay noch die Angehörigen des Stammes wissen bisher davon. Die Aufstockung der Truppen Majunays dient keinesfalls nur der Sicherheit und Abwehr. Meine Heimat rüstet zum Krieg, das ist der wahre Grund. Wer also Soldat wird, der wird früher oder später auch kämpfen müssen. Großfürst Sandokar strebt danach, neue Territorien zu erobern, um Majunay zu vergrößern. Er will dazu das Land Zhymara im Süden angreifen. Seine gut ausgebildeten Reiterscharen sind den Zhymaranern um ein Vielfaches überlegen. Großfürst Sandokars Abscheu gegenüber den Dunkelhäutigen ist unlängst bekannt, und schon jetzt lässt sich erahnen, dass er die Zhymaraner nicht unterwerfen, sondern vernichten will. Schon bald wird es Zhymara nicht mehr geben, und Majunay wird um ein Vielfaches größer sein."

„Davon wusste ich nichts, und ich verstehe deine Bedenken. Doch du solltest den Häuptling davon in Kenntnis setzen."

„Morgen, nach der Übergabe der Augen des Löwen, werde ich meinem Häuptling alles erzählen."

„Ihr braucht meinen Ratschlag bezüglich der Kampfkunst nicht zu befolgen. Ich gab ihn nur ab, weil ich deinen Stamm vor viel Leid bewahren wollte. Sei dir aber
gewiss, dass ich weiß, wovon ich spreche. Es ist die
Pflicht eines jeden Lebewesens, stets wehrhaft und leis-
tungsfähig zu bleiben."

„Ja", seufzte Yenovar. „Eines der harten Gesetze der
Natur."

Dem Majunay war anzusehen, dass er mit sich ringen
musste, um aussprechen zu können, was ihn beschäftigte,
und so stellte er eine Forderung, wie Larkyen sie niemals
von einem ausgebildeten Krieger Majunays erwartet hatte.

„Lösche alle Zhymaraner unter den Besuchern des
Löwenfestes aus!"

Larkyen wollte seinen Ohren nicht trauen, doch der
Majunay fuhr mit bebender Stimme fort: „Herr, ich bitte
dich. Der Stamm der Oyenki schwebt in großer Gefahr.
Die Zhymaraner werden uns angreifen, darum töte sie
heute Nacht, bevor das Blut unseres Stammes fließt."

„Das kann ich nicht tun", erklärte Larkyen. „Ich kann
diese Leute nicht auf Grund eines bloßen Verdachtes töten. Ich weiß, was in der Vergangenheit zwischen euren
Völkern geschehen ist, aber die Männer Zhymaras, die
auf dieses Fest geladen wurden, haben nichts getan, was
ihren Tod rechtfertigen würde. Für mich sind sie unschuldig."

Yenovar ballte die Fäuste, seine Verärgerung war ihm
ins Gesicht geschrieben. Doch bewahrte er seine Selbst-
beherrschung.

„Ich hoffe, du wirst Recht behalten – um unser aller
Willen."

Ohne ein weiteres Wort zog sich Yenovar von Larky-
en zurück.

Larkyen bedauerte, dass er abermals ein Stammesmitglied derart vor den Kopf stoßen musste, war aber der festen Überzeugung, dass ein jeder Mensch für sich selbst verantwortlich war. So wie einst, bevor die Menschen zu den Kindern der schwarzen Sonne beteten und sich stetige Hilfe von ihnen erhofften.

Er rief sich ins Gedächtnis zurück, dass auch er, als sein Leib noch die Schwächen der Menschen besaß, Hilfe im Gebet gesucht hatte. Doch was hatte es gebracht? Nichts! Letzten Endes hatte er schon damals gelernt, dass sich sein Leben nur durch seine eigenen Taten verbessern konnte. Sich der eigenen Stärken bewusst zu sein und auf diese Weise davon Gebrauch zu machen, war der Schlüssel zu jeglichem Erfolg.

Larkyen nutzte die Zeit des Alleinseins, um zumindest in dieser Nacht über den Stamm der Oyenki zu wachen. Und auch dass die Majunay in regelmäßigen Abständen drei Männer zwischen den Jurten patrouillieren ließen, entging Larkyens Sinnen nicht. In dieser Nacht sollte dem Stamm der Oyenki kein Leid widerfahren.

Die Sonne benetzte mit ihren ersten Strahlen die umliegenden Gipfel der Berge.

Die ersten Nomaden traten aus ihren Jurten. Es dauerte nicht lange, bis alle von ihnen auf den Beinen waren. Jeder hatte seinen festen Platz im Stammesalltag. Einer entfachte ein Kochfeuer, andere fütterten das Vieh, wieder andere bereiteten ein Mahl zu oder kümmerten sich um die Jungen und Alten.

Auch Larkyen hatte einmal seinen Platz in einer solchen Gemeinschaft besessen. Als er sie jetzt beobachtete, musste er über seine Untätigkeit lächeln.

„Ein Sturm zieht auf", hörte er jemanden flüstern. „Komm zu mir, Larkyen."

Und Larkyen folgte der Stimme, die aus einer der Jurten gedrungen war. Er trat in die Unterkunft und stand dem Schamanen der Oyenki gegenüber.

Es sah aus, als habe der Schamane den Unsterblichen bereits erwartet. Der Geistliche trug einen Mantel aus weißem Wollstoff, sein Kopf war unter einer Kapuze verborgen. Seine Augen waren blass und ausdruckslos.

„Ein Sturm zieht auf", wiederholte der Schamane. „Krieg ist sein Zeichen, Nordar sein Name."

Larkyen war wieder einmal erstaunt. Diese Stammesgeistlichen wussten mehr über die Welt als die meisten anderen Menschen. Larkyen hatte einst erfahren, dass sie fähig waren, über den Wind mit anderen Göttern zu kommunizieren.

„Wenn Nordar nach Kanochien gelangt, dann werde ich mich ihm stellen", sagte er.

„Nur ein Unsterblicher kann einen anderen Unsterblichen töten. Diese Worte mögen Hoffnung verheißen, doch nicht für dich, Larkyen. Und das wäre dein Ende. Denn etwas so Altes wie der Gott des Krieges kann nicht besiegt werden … kann nicht sterben. Du musst fliehen, am besten sofort!"

„Jeder kann besiegt werden, denn in der Natur …"

„… gibt es immer jemanden der stärker ist", führte der Schamane Larkyens Satz zu Ende. „Ein Gesetz der Welt und des ewigen Ringens in ihr. Doch wieso glaubst du, dass du der Stärkere bist?"

„Ich lasse es einfach darauf ankommen", gab Larkyen zurück.

Der Schamane nickte. „Das hatte ich befürchtet. Du wärst nicht du, wenn du anders handeln würdest."

Draußen ertönten laute Fanfaren, begleitet von dröhnenden Trommelschlägen.

„Der Herrscher Kanochiens trifft ein", sagte der Schamane. „Zur Krönung des neuen Löwen von Kano-

chien und der Übergabe der beiden Rubine. Stehe Yenovar bei, auch dem Stamm droht Gefahr durch die wilden
Horden des Südens."

„Das war mein Vorhaben", sagte Larkyen. „Ich werde
bei der Verleihung anwesend sein und die Zhymaraner
im Auge behalten."

„Tue das und gewähre denen Sicherheit, die in diesen
Zeiten Schutz benötigen."

Der Geistliche sah Larkyen lange an, dann sprach er:
„Letzte Nacht bekam ich Nachricht von Tarynaar. Seine
Worte lauteten: Larkyen, nimm dich in acht vor der
Macht des Kriegsgottes, handle besonnen und unterschät-
ze niemals deine Feinde."

Larkyen und der Schamane verbeugten sich voreinan-
der. Als Zeichen des Respekts senkte der Geistliche sein
Haupt wesentlich tiefer als Larkyen.

Das Kind der schwarzen Sonne trat hinaus ins Freie.

Yenovar stand bereits an der Seite des Stammeshäupt-
lings. Der frühere Soldat trug bläuliche Trachten, verziert
durch rote Borten. Eine hohe Fellmütze bedeckte sein
Haupt.

Der Häuptling winkte Larkyen zu sich. Yenovar nickte dem Unsterblichen zu und sagte: „Elay, der Herrscher
Kanochiens ist eingetroffen."

Der Majunay deutete auf ein nicht weit entferntes
Fahnenmeer. Ein jedes der rotgrünen Banner zeigte einen
aufrecht stehenden goldenen Löwen.

„Ich werde mich nun zu der Verleihung begeben."

„Ich begleite dich", bot Larkyen an.

„Es ist mir eine Ehre." Ein bescheidenes Lächeln
huschte über das Gesicht des Majunay. Nur für Larkyen
hörbar, flüsterte er: „Verzeih meine Worte von gestern
Nacht. Ich hatte meine Gefühle nicht unter Kontrolle. Dafür bitte ich dich um Vergebung, Herr. Du hattest Recht.

Wir dürfen nicht urteilen, wenn keine böse Tat geschehen ist."

Larkyen nickte dem Majunay anerkennend zu. „Ich habe nie an deiner Einsicht gezweifelt. Dies zeugt von deine Ehre."

Gemeinsam mit dem Häuptling der Oyenki und dem ehemaligen Soldaten Yenovar verließ Larkyen das Lager. Beinahe der gesamte Stamm folgte ihnen. Es war die Ehrfurcht vor einem Wesen wie Larkyen, der sie diese Distanz wahren ließ. Und auch wenn Larkyen wusste, dass jedes Lebewesen Achtung vor einem mächtigeren Geschöpf hat, war er dieses Verhalten der Menschen ihm gegenüber noch lange nicht gewohnt. Noch immer fühlte er sich ihnen viel zu sehr verbunden.

Auch aus den anderen Lagern strömten die Menschen den Bannern Kanochiens entgegen. Wieder ertönten Fanfaren und Trommelschläge.

Wo am Tag zuvor noch Mann gegen Mann gekämpft hatten, hatte man nun ein Podest errichtet, in dessen Mitte ein metallener Thron emporragte. Auf ihm saß ein breitschultriger Mann mit langem Bart und weiten schillernden Gewändern: König Elay, der Bewahrer des Friedens. Zweifellos war der Frieden etwas Erstrebenswertes, doch zeugte die Leibesfülle dieses Königs auch von der anhaltenden Trägheit, die damit einhergehen kann.

Zu beiden Seiten des Königs stand ein Dutzend Soldaten in braunen Lederrüstungen. Jeder von ihnen hob eine lange Fahnenstange in die Luft. Zu Fuß des Podestes standen die Trommler und Fanfarenbläser.

Noch mehr Zuschauer als am Vortag versammelten sich um das Podest. Die Zhymaraner hatten sich in kleinen Gruppen unter der Menge verteilt, so dass es schwer werden würde, sie alle im Blickfeld zu behalten.

Die größte Ansammlung hatte sich um den kahlköpfigen Hünen Ahmarzan geschart. Er unterhielt sich mit seinen Landsleuten in der Sprache Zhymaras und grinste breit.

Auch die Kedanier erspähte Larkyen, und ganz kurz traf sich der Blick seiner Raubtieraugen mit dem von Kverian.

Ein Kanochier in grünroter Rüstung trat die Treppe zum Podest hinauf und bedeutete den Zuschauern mit einer Geste zu schweigen.

„Hört mir zu", rief er, „Elay, der ehrwürdige König von Kanochien ist heute erschienen, um dem besten Krieger unter den Völkern dieser Welt den Titel des Löwen von Kanochien zu verleihen. Möge Yenovar, vom Stamme der Oyenki, aus dem Volk der Majunay, bitte nun zu mir herauf treten."

Yenovar trat durch die Menge der Zuschauer. Nachdem er die Treppe erklommen hatte, verbeugte er sich tief vor dem Herrscher von Kanochien. Mit langsamen Schritten ging er durch die Gasse der Bannerträger auf den Thron zu.

Plötzlich sank der Majunay in die Knie und fiel mit einem Poltern auf den Holzboden. Sofort umringten mehrere Soldaten den Thron des Königs, einige zogen ihre Schwerter und bildeten einen schützenden Kreis.

Schreie des Entsetzens ertönten aus der Menge, als Yenovar nicht wieder aufstand. Larkyen bahnte sich seinen Weg zu dem Podest und stieß mehrere Zuschauer mit grober Kraft einfach beiseite.

Als er Yenovar erreichte, war es schon zu spät. Eine lange dünne Nadel mit einem Kranz aus Federn steckte im Hals des Majunay.

Larkyen zog die Nadel heraus und roch das stinkende Gift, das sie in Yenovars Adern gesandt hatte. Nur die Zhymaraner waren für solche Taten bekannt.

Yenovar atmete nicht mehr und würde auch niemals wieder atmen. Larkyen war voller Zorn. Sein hasserfüllter Blick flog über die Menge hinweg, erspähte in der hintersten Reihe der Zuschauer einen Zhymaraner. Der Attentäter fühlte sich ertappt, schien jedoch nicht zu wissen, wer und was Larkyen war, denn er setzte sein Blasrohr erneut an die Lippen und zielte auf das Kind der schwarzen Sonne.

Larkyen sprang aus dem Stand über die Köpfe der gesamten Menge hinweg und gelangte neben dem Schützen wieder auf den Boden. Der Zhymaraner sah ihn voller Verwunderung an. Larkyen zerschmetterte dem Südländer mit einem einzigen Faustschlag den Schädel, der sich in einer blutigen Explosion zwischen den Zuschauern verteilte.

Sofort lichtete sich die Menschenmenge um Larkyen. Manche griffen gar zu den Waffen, andere flohen in wildem Tumult.

Währenddessen führte der Zhymaraner Ahmarzan eine Schar seiner Landsleute auf das Podest zu.

„Erhörst du uns nun, König?" brüllte Ahmarzan.

Die Soldaten des Königs traten den Zhymaranern entgegen.

Auf Ahmarzans Wink zückten die Zhymaraner ihre Krummsäbel und verwickelten die Soldaten in Kämpfe. Doch die Verteidiger Kanochiens waren dem Ansturm der dunkelhäutigen Hünen nicht gewachsen. Zu tollkühn, zu wild war ihr Treiben. Von großer Kraft geführt, schnitt der Stahl ihrer Krummsäbel wie durch Butter in das zähe Rüstungsleder der Kanochier. Einer nach dem anderen fiel aus Kanochiens Reihen blutüberströmt auf den Holzboden des Podestes.

Unter den vielen Menschen, die das Wüten der Zhymaraner tatenlos mit ansahen, waren auch Kverian und seine Landsleute. Der blondhaarige Kriegsschamane verzog keine Miene. Entgegen Larkyens Erwartung machten die Kedanier keinerlei Anstalten, zugunsten ihrer einstigen Waffenbrüder in den Kampf einzugreifen, sondern zogen sich tatsächlich zurück.

Larkyen war bereit, den Soldaten gegen die Zhymaraner beizustehen, als er plötzlich den flehenden Ruf des Häuptlings der Oyenki vernahm: „Verschont meinen Stamm."

Entsetzt musste Larkyen mit ansehen, wie sich gut dreißig Schritte von ihm entfernt eine zweite Schar Südländer einfand. „Keine Gnade für Majunay!" riefen sie mit südländischem Akzent. Die Zhymaraner trieben alle Majunay unter den Zuschauern zusammen.

Einer der Dunkelhäutigen ergriff den Häuptling und schnitt ihm mit einem Dolch die Kehle durch. Und der Stamm der Oyenki sollte ebenfalls keine Gnade erfahren.

Es fiel Larkyen nicht schwer, jene Männer Kanochiens, die für den Kampf ausgebildet waren, sich selbst zu überlassen, während er den Nomaden zur Hilfe eilte.

Seine rechte Hand schloss sich bereits um den Griff des magischen Schwertes Kaerelys, und er entblößte den kühlblau schimmernden Stahl.

Noch ehe Larkyen die Majunay erreicht hatte, waren bereits acht Frauen und siebzehn Männer den Klingen der Südländer zum Opfer gefallen.

Larkyens Antwort darauf war nicht minder grausam. Mit gezielten Schwertsteichen zerschnitt er die Leiber seiner Feinde und bescherte den verängstigten Menschen, die seine Tat mit ansehen mussten, einen blutigen Regen. Binnen weniger Atemzüge hatte Larkyen die Reihen der Zhymaraner erheblich gelichtet.

Erst als die Nomaden keinerlei Bedrohung mehr ausgeliefert waren, widmete sich Larkyen wieder der Bedrohung des Königs.

Der glatzköpfige Hüne Ahmarzan hatte mit seinen Männern eine beachtliche Zahl von Soldaten bekämpft und baute sich nun über dem Thron des Königs Elay auf. Triumphierend hob er seinen blutbefleckten Krummsäbel empor und brüllte: „Ich bin Ahmarzan aus Zhymara! Hört mir zu, ihr Männer und Frauen der Völker der Welt. Zhymara ist in Not, denn der Herrscher Majunays bereitet einen Krieg vor, der weite Teile des Südostens verwüsten wird. Berichtet in eurer Heimat davon und bittet eure Herrscher, meinem Volk beizustehen."

Ein Raunen ging durch die Reihen all jener, die des Südländers Worte vernommen hatten.

Der Herrscher Kanochiens erhob sich von seinem Thron.

„Was habt ihr nur angerichtet?" fragte der König mit bebender Stimme. „Wir sind ein Reich des Friedens, hier ist neutraler Boden, und ihr habt ihn mit dem Blut guter Menschen geschändet."

„Hier starben keine guten Menschen", erwiderte Ahmarzan. „Die Majunay streben nach der Vernichtung meines Volkes, und ihr Kanochier seid ihnen friedlich gesinnt, also gehört ihr zu ihren Verbündeten."

„Neutraler Boden", rief der König erzürnt. „Kanochien ist jedem friedlich gesinnt, der uns in Frieden gegenübertritt."

„Und doch habt ihr eine Audienz abgelehnt, als Zhymara darum bat. Du warst nicht bereit, uns anzuhören, König."

„Ich habe eine Audienz abgelehnt, weil es euch nach Krieg gelüstet, solange ihr in der Übermacht seid. Nun besteht die Bedrohung durch Majunay, und ihr wendet euch an Kanochien.

Doch erinnere dich: Als damals das Zweivölkerheer der Kedanier und Zhymaraner gegen die Hauptstadt Majunays vorrückte, da bot Kanochien an, Friedensverhandlungen zu unterstützen. Wir entsandten einen Botschafter zu euren Truppen, doch ihr habt ihn ermorden lassen und uns seinen Kopf zurückgeschickt. Seit jenen Tagen gab es keinerlei Beziehungen mehr zwischen unseren Ländern.

Eure Einladung zu diesem Fest sollte ein erster Schritt sein. Doch wieder einmal habt ihr gezeigt, zu welchen Taten ihr fähig seid."

„Ihr werdet nicht einfach wegsehen. Die Welt wird die Stimme Zhymaras erhören müssen. Du wirst eine Zusammenkunft der Völker des Südens und Ostens arrangieren."

„Nein", sagte der König, „nicht auf diese Weise. Eher sterbe ich."

Ahmarzan lachte nur und rief höhnisch: „Du lächerlicher Eunuch. Dein Reich ist so schwach. Schon mit einer kleinen Schar meiner Männer könnte ich mir Kanochien nehmen."

Der Zhymaraner packte den König am Kragen seines Gewands und zerrte ihn von seinem Thron. Eine prunkvoll verzierte Holzschachtel fiel unter dem Gewand des Königs zu Boden und sprang auf. Zwei faustgroße rote Rubine kullerten zu Füßen Ahmarzans. Der Südländer scherte sich nicht darum.

Larkyen schob das Schwert Kaerelys zurück in die Scheide. Für das, was nun folgen sollte, benötigte er keine Waffe mehr. Mit schnellen Schritten trat er auf das Podest zu.

„Ahmarzan!" rief Larkyen und zog die Aufmerksamkeit des Südländers auf sich.

Ahmarzan grinste breit und rief Larkyen herausfordernd zu: „Bist du mutig genug, gegen mich zu kämpfen?"

Mit blutbefleckten Händen winkte der Südländer den Unsterblichen zu sich heran. Die Krieger um Ahmarzan bauten sich hinter dem Thron des Königs auf. Jeder von ihnen hielt seinen Krummsäbel zum Schlag bereit.

Längst hatten sich wieder Scharen von Schaulustigen um das Podest versammelt. Doch diesmal gab keiner von ihnen einen Laut von sich. Alle schwiegen und beobachteten wie gebannt Larkyen und Ahmarzan.

„Lass den König gehen", forderte Larkyen.

„Willst du ihn retten, du dreckiger Hund? Glaubst du, es geht mir nur um den König?"

„Wenn du wüsstest, wer und was ich bin, würdest du mich fürchten", knurrte Larkyen. „Lass mich dir also zeigen, wer ich bin. Kämpfe gegen mich. Ich halte keine Waffe in meinen Händen. Töte mich, wenn du kannst!"

Ahmarzan lachte gellend und schlug mit dem Krummsäbel zu. Die Klinge fegte über Larkyens Brustkorb und hinterließ eine klaffende Wunde. Wortlos und ohne eine Miene zu verziehen, ertrug Larkyen den Schmerz. Augenblicklich verheilte die Wunde wieder, nicht einmal eine Narbe blieb zurück, und lediglich ein feiner Faden dunkelroten Blutes erinnerte noch an die Verletzung.

Ahmarzan riss die Augen auf. Erneut schlug er zu und schlitzte Larkyen den Bauch auf, aber auch diese Wunde verheilte sofort.

„Was bist du?" keuchte der Zhymaraner. „Du bist wahrlich kein Mensch! Du bist einer der Unsterblichen."

Der Sohn der schwarzen Sonne hatte diese Erkenntnis im Angesicht des bevorstehenden Todes seiner Opfer nur zu oft gehört.

„Erst jetzt, wo es zu spät ist, erkennst du meine Macht!" knurrte Larkyen.

Mit der rechten Hand berührte er den Südländer an der Schulter. Tief krallten sich seine Finger in Ahmarzans

Haut, durchdrangen das Fleisch und brachen den darunterliegenden Knochen. Ahmarzan ließ seinen Krummsäbel fallen, während Larkyen den Südländer auf die Knie drückte.

Ein Blick auf die übrigen Zhymaraner genügte. Sie ließen ihre Waffen fallen und knieten aus freien Stücken nieder.

„All das hätte nicht geschehen müssen", sagte Larkyen. „Ihr bestraft die Menschen des Oyenki-Stammes für ein Unrecht, dass gar nicht geschehen ist. Letzte Nacht hätte ich dasselbe mit dir und deinen Leuten tun können. Um euer Leben Willen hättet ihr den Frieden an diesem Ort gewahrt."

„Nicht gegen einen vom Volk Majunays", rief Ahmarzan. „Sie streben nach der Vernichtung meiner Heimat Zhymara. Ihr Herrscher Sandokar rüstet zum Krieg, und viele aus meinem Volk werden sterben. Ich empfinde Genugtuung für jeden Majunay, der heute getötet wurde."

„Dann wird diese Genugtuung das Letzte sein, was du je empfunden hast!"

Durch seine bloße Berührung entzog Larkyen dem Leib Ahmarzans die Lebenskraft. Unsichtbar, doch in heißen Wogen, strömte jene Kraft durch die Fingerspitzen in Larkyens eigenen Leib und breitete sich darin aus wie ein Feuer.

Ahmarzans Herz hörte auf zu schlagen, sein Atem setzte aus, und seine Augen wurden glasig.

„Ich bin der Tod für alle, die sich am Blutvergießen laben!" rief Larkyen. Er ließ den erschlafften Körper Ahmarzans zu Boden sinken.

Dann widmete er sich den niederknienden Zhymaranern und raubte unter dem erschrockenen Blick des Königs von Kanochien auch ihnen die Lebenskraft. Nicht eines seiner Opfer wagte es, Widerstand zu leisten. Sie alle empfingen stillschweigend den Tod.

„Danke", keuchte der König. Schwerfällig ließ er sich zurück auf seinen Thron sinken und vergrub das Gesicht in beiden Händen.

Larkyen hob die Rubine vom Boden auf. Sie waren so rot wie das viele Blut, das an diesem Morgen vergossen worden war.

Dann verließ er mit schnellen Schritten das Podest. Manche aus der Menge der Schaulustigen verneigten sich, als er die Treppen hinab stieg, andere applaudierten oder wandten sich mit einem Ausdruck von Furcht und Unglauben von ihm ab.

Zu Fuß und auf Pferden traf eine weitere Schar von Kanochiens Soldaten ein und teilte sich in zwei Gruppen auf. Die Fußsoldaten schirmten den König mit Eisenschilden vor den Augen der Öffentlichkeit ab. Die Reiter trieben die Schaulustigen auseinander.

Lediglich die Angehörigen des Stammes der Oyenki blieben zurück und scharten sich um den toten Häuptling. Aus den Kehlen von Männern, Frauen und Kindern erklang lautes Wehklagen.

Larkyen übergab einem verängstigten Hirten die beiden Rubine und sagte: „Ich bedaure eure großen Verluste. Nun nehmt eure Toten und zieht euch zurück nach Majunay. Der Weg dorthin wird frei von Gefahren sein."

Die Majunay hatten auf Worte des Trostes gehofft, und wieder wurden sie enttäuscht. Larkyen konnte ihnen in diesem Moment nicht beistehen. Das Gespenst der Trauer war etwas, dem sich jeder selbst stellen musste.

Aus den Reihen des Oyenki-Stammes trat der junge Arnyan hervor. Tränen rannen über seine Wangen. Mit zitternden Fingern deutete er auf den Leichnam des Häuptlings, der nur wenige Schritte entfernt in einer Blutlache lag.

Eine Majunayfrau kniete inmitten des Blutes und weinte bitterlich.

„Sie haben meinen Vater getötet", schluchzte Arnyan. „Unsere Toten hast du gerächt, doch wie soll es jetzt für uns weitergehen? Ich kann nicht für meine Mutter und den Stamm sorgen, ich bin noch kein Mann. Ich bin noch nicht bereit, Häuptling zu werden. Die Stärke und Weisheit meines Vaters besitze ich nicht."

Beruhigend legte Larkyen dem Knaben eine Hand auf die Schulter. „Dir steht eine schwere Zeit bevor, doch du wirst deine Stärke schon finden und die Trauer bewältigen. Und Weisheit wirst du im Laufe deines Lebens noch genug erlangen."

In den Augen des Knaben flackerte plötzlich Wut auf, und er stieß Larkyens Hand von sich.

„Warum hast du es nicht verhindert?" rief Arnyan trotzig.

„Du bist ein Gott, ich habe an dich geglaubt und daran, dass du uns beschützen würdest. Warum mussten sie sterben, warum hast du es nicht verhindert?"

Larkyen erinnerte sich an Yenovars Forderung von letzter Nacht. Er hätte dieses Massaker tatsächlich verhindern können. Er hätte dazu ein Unrecht begehen müssen, um ein anderes Unrecht zu verhindern. Nun, im Angesicht des Leides, hasste er sich für seine Entscheidung.

Arnyan rieb sich die Tränen aus den Augen.

„Ich würde mein Leben geben, um meinen Vater zurückzubringen", sagte er.

„Arnyan" flüsterte Larkyen, „es tut mir so leid."

Der Knabe schüttelte nur den Kopf und rannte fort.

Nur kurz sah seine Mutter zu Larkyen auf.

„Es ist nicht deine Schuld, Herr", flüsterte sie.

Larkyen lief Arnyan nach, denn noch immer witterte er Gefahr. Doch der Häuptlingssohn war längst außer Sicht. In den Lagern der anderen Völker herrschte große Aufregung. Viele der Gäste bauten bereits ihre Unterkünfte ab.

Die breite Straße begann sich mit Menschen zu füllen. Die meisten von ihnen wanderten oder ritten in Richtung Westen.

Überall waren Soldaten postiert und gaben sich Mühe, die Ordnung aufrecht zu erhalten. Dennoch geschah ein schwerer Unfall, als einer der Händler die Kontrolle über seine Pferdekutsche verlor und mehrere Menschen überfuhr. Den Soldaten Kanochiens gelang es, der Panik durch kontrolliertes Eingreifen Einhalt zu gebieten und die Besucher zu den nächsten Weggabelungen zu geleiten.

Der Morgen verging, und Larkyen suchte noch immer nach Arnyan. Zu seiner Überraschung entdeckte er den Häuptlingssohn zur Mittagszeit im Lager der Kedanier. Arnyan schlenderte an der Seite Kverians durch die Scharen von nordischen Kriegern. Der Majunayknabe war fast drei Köpfe kleiner als der blonde Nordmann.

„Arnyan!" rief Larkyen.

Mit schnellen Schritten trat der Unsterbliche zwischen die Zelte der Kedanier und stieß einen voll gerüsteten Hünen, der sich ihm in den Weg stellen wollte, zur Seite.

„Den eigenen Vater zu verlieren, ist furchtbar schmerzlich", sagte Kverian zu dem Knaben. Die Stimme des Kedaniers verriet Mitgefühl. „Und mit Sicherheit hätte dein Vater nicht sterben müssen, wenn Larkyen diesen Anschlag auf deinen Stamm früh genug erkannt hätte. Doch Larkyen hat es nicht einmal geahnt, oder es war ihm sogar gleich."

„Geh weg von ihm", warnte Larkyen den Jungen. Nun stand er nur wenige Schritte von dem Nordmann entfernt.

In Arnyans Gesicht stand Trotz, als er den Unsterblichen ansah. „Ich will aber hören, was er zu sagen hat", meinte er.

Kverians Lippen umspielte ein Lächeln. „Schon in Kürze wird ein Gott kommen, der wahre Macht besitzt."

„Redest du von Nordar?"

„Du weißt es also? Ein Geheimnis ist es ohnehin nie gewesen. Nordar ist auf dem Weg hierher, und er verfügt über die Macht, den Toten neues Leben einzuflößen."

„Das ist eine Lüge", rief Larkyen. „Arnyan, lass dich von ihm nicht blenden."

Larkyens Finger griffen bereits nach dem Schwert Kaerelys.

Arnyan aber rief empört: „Hör auf, du hast schon genug Blut vergossen. Geh einfach nur weg."

Das Lächeln in Kverians vernarbtem Gesicht wurde breiter.

„Larkyen hat deinen Vater, den Häuptling, sterben lassen, Nordar aber wird ihn ins Leben zurückholen!"

Längst begannen sich alle Kedanier in einem Bogen um Kverian und Larkyen zu gruppieren. Alle waren sie bewaffnet.

„Larkyen", sagte Kverian. „Soll sich nun das gleiche Massaker wiederholen wie in der kedanischen Taiga? Du willst kämpfen, aber vielleicht sollten wir Arnyan entscheiden lassen, ob Blut vergossen werden soll."

Mit traurigen Augen sah Arnyan den Sohn der schwarzen Sonne an und sagte: „Geh schon, verschwinde endlich von hier."

„Arnyan …"

„Scher dich weg!"

„Von uns droht ihm keinerlei Gefahr", sagte Kverian. „Was willst du also noch hier? Verlasse unser Lager!"

Larkyen sah noch einmal lange in das Gesicht des Majunayknaben. Seine Augen waren noch immer feucht von Tränen.

„Arnyan", sagte Larkyen beschwörend. „Bist du dir sicher, dass du bei diesen Männern bleiben willst? Es ist noch nicht lange her, da zog ihr Volk mordend durch deine Heimat. Erst gestern drohten sie, dir das Genick zu brechen. Und wer weiß schon, ob sie nicht mit dem Anschlag der Zhymaraner auf deinen Stamm zu tun haben."

„Ich will hier bleiben", antworte Arnyan.

„Gut", seufzte Larkyen, und seine Stirn legte sich in Falten. Dann richtete er seinen Blick auf Kverian und sprach laut: „Wenn ihr ihm auch nur ein Leid zufügt, dann sollt auch ihr des Todes sein."

Larkyens Zorn ließ die Luft regelrecht knistern. Die Nordmänner spürten das nur zu gut. Keiner von ihnen lächelte mehr; selbst aus Kverians Antlitz war jegliches Grinsen verschwunden.

In diesem Augenblick genügte Larkyens bloße Präsenz, um die riesenhaften Krieger an ihre Unterlegenheit zu erinnern.

Ohne ein weiteres Wort drehte sich Larkyen um und verließ eilends das kedanische Lager.

Er konnte noch hören, wie Kverian auf den Häuptlingssohn einredete: „Um deinen Vater ins Leben zurückzuholen, musst du bereit sein, selbst ein großes Opfer zu bringen. Bist du das?"

„Ja", antwortete Arnyan.

Kapitel 3 – Krieg und Frieden

Die Menschenmassen auf der Straße hatten sich mittlerweile verdoppelt. Oftmals wurde Larkyen auf Grund seiner schimmernden Augen erkannt und mit Respekt und Ehrerbietung gegrüßt, was ihm lästig war. Also lief er abseits, inmitten von Gräsern und Steinen.

Ein Soldat, flankiert von zwei Bannerträgern, bahnte sich seinen Weg durch die Menge. Als er Larkyen entdeckt hatte, trat er schnellen Schrittes auf ihn zu.

Gegenüber dem Unsterblichen deutete der Soldat eine Verbeugung an und sagte: „Herr, mein König bittet darum, dich zu sehen!"

Larkyen begleitete die Soldaten zu einem neuen, ringförmig angeordneten Fahnenmeer. Auf Dutzenden der grünroten Banner war der aufrecht stehende Löwe zu sehen.

Soldaten, von Kopf bis Fuß in eiserne Rüstungen gekleidet, waren in weitem Abstand um einen Jungen postiert. Jeder hielt in der rechten Hand einen silbernen Speer, während die linke einen ovalen Schild trug, dessen Oberfläche mit dem Ornament eines Löwenkopfes verziert war.

„Mein König!" Der Soldat an Larkyens Seite verbeugte sich. „Euer Gast ist hier."

Larkyen erwartete König Elay zu sehen, stattdessen jedoch trat der Junge auf ihn zu. Er war zwei Köpfe kleiner als Larkyen und trug ein grünrotes Gewand. Seine linke Schulter zierte ein metallener Panzer in Form einer Löwenpranke.

„Ihr könnt nun wegtreten", sagte der Junge.

Der Soldat verbeugte sich abermals tief vor dem Jungen und ging.

„Du hast eine Erklärung verdient", sagte der Junge, der Larkyens verwunderten Gesichtsausdruck bemerkt hatte.

Erst jetzt fielen Larkyen die Raubtieraugen des Jungen auf. Der Junge hob seine linke Hand und präsentierte auf seinen Handrücken ganz deutlich das gleiche Mal, das auch Larkyen trug – eine schwarze lodernde Sonne.

„König Elay?"

„Ja", antwortete der Junge. „Ich bin der König. Der Mann, den du auf dem Thron sahst, präsentiert mich nur in der Öffentlichkeit. Du bist überrascht, einen von unserer Art, einen Unsterblichen, hier anzutreffen, nicht wahr? Wir beide wurden geboren, während sich die Sonne das dritte Mal in der Geschichte der Welt verdunkelte. Nur mit dem Unterschied, dass mein Dasein als Sohn der schwarzen Sonne viel früher begann als deines.

Auf meinen Vater, der vor mir König war, wurde einst ein Anschlag verübt. Jemand warf einen Speer nach ihm, doch an seiner Statt wurde ich getroffen und starb. Wie du stand ich jedoch wieder vom Tode auf. Ich lernte meine neuen Fähigkeiten kennen und begriff, dass ich kein Mensch mehr war. Kurz bevor mein Vater im hohen Alter starb und ich König wurde, erlegte er mir einen Eid auf. Jener Eid wurde in unserem Herrschergeschlecht von Generation zu Generation weitergegeben und sollte in mir für alle Ewigkeit erfüllt werden. Die Streitmacht meines Landes ist stärker und zahlreicher als die Welt weiß. Doch sie dient nicht dem Angriff oder der Eroberung, sondern dem Schutz und der Bewachung. Und mein Eid ist es, über einen ganz besonderen Ort zu wachen – den Berg der drei Stürme."

Elay deutete in die Ferne, auf eine grauschwarze Wand aus gezackten Bergen. Dahinter erhob sich breit und spitz ein weiterer Berg, der alle benachbarten Höhen bei weitem überragte. Seine Gipfelhälfte war dicht in

Schnee und Eis gehüllt. Dunkle Wolkenschwaden zeichneten sich vor dem Koloss ab und hatten die Bergspitze bereits verhüllt.

„Unter den Kindern der ersten schwarzen Sonne waren vier Brüder, die einzig und allein für den Kampf lebten. Sie zogen durch die Welt, und wo immer sie auftauchten, entfachten sie einen Krieg. Gemeinsam löschten sie ganze Völker aus. Die beispiellose Verwüstung, die sie hinterließen, brachte ihnen den Namen „Die vier Stürme" ein. Eines Tages jedoch stellten sie sich einem mächtigeren Gegner. Es hieß, dass einst ein Gott vom Himmel auf die Erde hinabstieg. Die vier Stürme zogen gegen diesen Himmelsgott in den Kampf. Ein gewaltiges Gefecht entbrannte auf dem höchsten Berg des Altoryagebirges, und der Himmelsgott wurde bezwungen, doch auch drei der vier Stürme ließen in dieser Schlacht ihr Leben. Der Name desjenigen, der lebendig von diesem Berg zurückkehrte, lautet: Nordar.

Diese Geschehnisse liegen lange zurück, zweitausend Jahre nach unserer Zeitrechnung. Damals hatte die Eiszeit die Welt gerade erst aus ihrem kalten Griff entlassen. Seitdem hat Nordar diesen Teil der Welt nicht mehr heimgesucht. Und durch dich gelangt nun dieser schreckliche Krieg zu uns."

„Dann weißt du also auch von seiner baldigen Ankunft", murmelte Larkyen.

„So ist es." Elay seufzte. „Nordar, der Gott des Krieges, dessen Zorn du durch deine Taten in der kedanischen Taiga geweckt hast, hat den eisernen Berg im hohen Norden verlassen und ist auf dem Weg hierher. Wie meine Späher mir berichteten, hat er die Grenzen unseres Landes bereits am gestrigen Abend passiert. Doch seine Ankunft in Kanochien war seit jeher nur eine Frage der Zeit.

Noch immer liegen die Leiber seiner drei Brüder eingefroren auf dem Gipfel des Berges und es heißt, sie könnten wieder ins Leben zurückgeholt werden, wenn ihnen fremde Lebenskraft zugeführt wird."

Der Ausdruck in König Elays Gesicht hätte kaum ernster sein können, als er von Larkyen forderte: „Bitte zeige mir dein Schwert."

Und Larkyen tat wie ihm geheißen und zog seine Waffe.

Aufmerksam betrachtete der König die in kühlem Blau schimmernde Klinge.

„Unsere magischen Waffen sind aus dunklem Stahl, so dunkel wie die Sonne, unter der wir einst geboren wurden. Eine jede magische Waffe trägt einen Namen. Und ihr Stahl beginnt zu glühen, sobald der Herr dieser Waffe ihren Namen ausspricht.

Doch das magische Schwert, dessen Herr du heute bist, ist anders. Es wurde von Nordar einst zu einem besonderen Zweck an Boldar die Bestie weitergegeben. Jeder Gegner, der durch das Schwert getötet wird, lässt einen Teil seiner Lebensenergie in der Klinge zurück. Nordar wusste um Boldars Kriegs- und Eroberungspläne. Er war sich sicher, dass es sehr viel Energie aufnehmen würde. Dreißigtausend Leben sind notwendig. Und das Nordar in Kanochien ist, bedeutet, dass all diese Leben der blauen Klinge zum Opfer fielen."

„Dreißigtausend Menschenleben", wiederholte Larkyen fassungslos.

Er hätte nicht geahnt, dass die Waffe, in deren Besitz er war, so viel Tod, so viel Leid verbreitet hatte. Bis zu einem Teil hatte er durch seine Taten sogar selbst dazu beigetragen.

König Elay sprach weiter: „Mit der Energie in diesem Schwert ist es Nordar nun möglich, seine drei Brüder ins Leben zurückzuholen.

Er kommt deinetwegen, doch nicht nur, um deine Taten zu vergelten, sondern auch, um dir das Schwert wieder zu nehmen. Dein Schwert ist der Schlüssel zur Wiedererweckung der drei Stürme. Wir aber sind außerstande, dieses Schwert zu zerstören, denn nur die Axt des Kriegsgottes, durch kraftvolle Hand geführt, weist die Macht auf, die vonnöten ist."

„Welch Grauen wird der Welt bevorstehen?"

„Eine alte kanochische Prophezeiung besagt: Wenn die vier Stürme vereint sind, werden sich die Riesen des Nordens zu einem gewaltigen Heer zusammenschließen. Über die Welt werden sie kommen, und Tod und Zerstörung werden sie bringen."

„Riesen des Nordens ...? sprichst du von den Kedaniern?"

„Ja, sie sind die Nachkommen Nordars. Sie stammen von ihm ab und sind sein Volk. Sicher hast du dich schon gefragt, was aus den Nachkommen eines der Unsrigen wird. Denn auch du wärst Vater geworden."

„Ich habe diese Frage immer verdrängt", gab Larkyen zu. „Doch gewünscht hätte ich mir für mein Kind ein normales friedliches Leben, ganz gleich, ob es zeitlich begrenzt ist."

„Götter kann nur die schwarze Sonne hervorbringen, die gezeugten Nachfahren eines Unsterblichen hingegen sind menschlich und sie sind sterblich. Sie haben keine unserer außergewöhnlichen Fähigkeiten, doch in ihrer Brust schlägt ein starkes Herz. Und wenngleich in ihnen nicht das schwarze Lebensfeuer brennt, so sind sie zumindest mit großer Schaffenskraft ausgestattet und hinterlassen in der Welt ihre Spuren."

Larkyen versuchte sich vorzustellen, welche Verwüstung ein vereintes kedanisches Heer anzurichten vermochte, und vor seinem geistigen Auge sah er das Ende der Welt.

„Es heißt, es gibt keine Armee, die dem Kriegsgott ebenbürtig wäre", fuhr er fort. „Was also ist nun zu tun?"

„Wir können nichts anderes tun als zu kämpfen. Ich habe meine Soldaten bereits in Stellung bringen lassen. Sie können Nordar jedoch nur eine gewisse Zeit lang aufhalten, niemals besiegen. Letzten Endes obliegt es mir, mich dem Kriegsgott zu stellen. Wenn die Sonne sich neigt und dieser Tag sein Ende nimmt, wird Nordar hier sein, und ich werde gegen ihn kämpfen."

Elay schob sein Gewand zurück und präsentierte den verzierten Knauf eines Schwertes.

„Es ist eine magische Waffe", erklärte er.

„Verzeih mir, König", sagte Larkyen, „aber du bist nicht stark genug. Du bist der Herr über ein Reich des Friedens, und der leibhaftige Krieg ist nahe. Ich werde mich ihm stellen und kämpfen."

„Obwohl die Gefahr groß ist, dass auch du ihm möglicherweise unterliegst?"

„Nordar wird ohnehin danach gieren, gegen mich anzutreten. Meine Rache zieht seine Rache nach sich. Er wird den Tod seiner kedanischen Anhängerschaft vergelten wollen. Ich werde ihm entgegen treten, König. Doch bitte ich dich zuvor noch um etwas. Gib allen Majunay unter deinen Gästen Geleitschutz bis an die Grenzen ihrer Heimat. Sie haben schon zuviel Grauen erleben müssen, und noch immer haben sie Feinde hier, deren List und Tücke groß ist."

„Du schätzt ihr Volk sehr, nicht wahr?"

Larkyen nickte.

„Ich wuchs in Majunay auf", berichtete er.

Nach einem Moment nachdenklichen Schweigens sagte König Elay: „Sie verfügen über große Schaffenskraft und einen starken Lebenswillen, aber sie haben auch die Fähigkeit, viel zu zerstören. Ihr Fürst Sandokar wird noch für großes Leid sorgen. In einer seiner vielen

Schriften heißt es: *So wie der Bär den Hirsch reißt, so vernichten die starken Völker die Schwachen.* Das ist Unrecht, und ebenjenes Unrecht wurde in vielen Teilen der Welt zur Tugend erhoben. Manchmal glaube ich, dass die Menschheit sich auf Grund ihrer Konflikte eines Tages selbst zerstören wird. Ich jedoch werde tun, was ich kann, um dies zu verhindern.

Die Majunay vom Stamm der Oyenki sind unschuldig und mussten bereits zu viel Leid ertragen. Darum werden sie Geleitschutz bekommen. Ich gebe dir mein Wort, dass sie die Grenzen ihrer Heimat sicher erreichen werden."

„Ich danke dir, König."

„Ich bin es, der dir zu Dank verpflichtet ist", sagte König Elay betrübt und verbeugte sich zu Larkyens Überraschung als Erster und viel tiefer als es für den Herrscher eines Landes angemessen war.

Larkyen stieg auf einen Felshügel, der ihm eine einigermaßen gute Sicht auf die Umgebung bot. Wenn der Kriegsgott sich näherte, wollte Larkyen ihn so früh wie möglich sehen können.

Die aufbrechenden Menschenmassen bereiteten ihm Sorge. Die vielen Sterblichen würden für Nordar eine leichte Beute sein.

Auch die Majunay brachen jetzt auf. Flankiert von kanochischen Soldaten zogen sie gen Osten. Der Leib des toten Häuptlings lag in weißes Tuch gewickelt auf einer Bahre und wurde von vier männlichen Nomaden getragen. Auch keinen ihrer anderen Toten ließ der Stamm der Oyenki zurück. Erst in der Heimat würden die Verstorbenen nach altem Brauch in Steppenerde begraben werden.

Die Nomaden stimmten einen Trauergesang an. Die Melodie ließ das Stimmengewirr der vielen Reisenden aus anderen Völkern nach und nach verstummen. Die

Menschen lauschten dem Gesang, und so manches Herz wurde schwer an diesem Nachmittag.

Larkyen fühlte sich für eine Zeit lang zurückversetzt in die Weiten der Steppe, wo er dieses Klagelied zum ersten Mal gehört hatte.

„Herr", flüsterte eine Frau und riss ihn aus seinen Gedanken. Die Mutter Arnyans näherte sich zaghaft und mit geneigtem Haupt dem Unsterblichen. „Mein Sohn ist noch immer nicht zurück, und wir können nicht auf ihn warten. Arnyans Herz ist vergiftet. Wenn du ihm begegnen solltest, sag ihm, sein Stamm erwartet ihn bei der Grenze Majunays. Ich warte dort auf ihn."

Larkyen wagte es nicht, der besorgten Mutter zu berichten, mit wem sich ihr eigen Fleisch und Blut eingelassen hatte und welches Verderben damit heraufbeschworen werden konnte.

„Ich werde ihm deine Worte übermitteln", war alles, was Larkyen sagte, bevor die Frau sich wieder zwischen die Nomaden mischte.

Larkyen sah den Nomaden nach und wünschte ihnen im Stillen eine gute Reise in ihre Heimat, wo Fürst Sandokar einen Krieg vorbereitete.

Die Nomaden waren längst in der Ferne verschwunden, als ein nahegelegener Wald Larkyens Aufmerksamkeit erregte. Die kahlen Bäume erstreckten sich über die östlichen Hänge. Da sie so dicht beieinander standen, erinnerten sie an einen hölzernen Wall.

Es krachte und knackte in dem Gehölz. Mehrere Bäume knickten, wie von großer Kraft getrieben, einfach um. Ganz kurz erspähte Larkyen zwischen den Baumkronen eine riesige Gestalt. Dumpfe Schritte erklangen, rasend schnell kamen sie näher, und sie mussten von jemandem stammen, der nicht davor scheute, Lärm zu verursachen – einem Feind, der sich offenbarte.

Von der Straße drangen plötzlich laute Schreie, die von Schmerzen, Furcht und Kampf kündeten. Das dröhnende Klirren von Stahl gesellte sich hinzu. Beinahe schwerelos und von gewaltiger Kraft getrieben, flogen zerfetzte Menschenleiber durch die Luft.

Der Terror schien selbst am Ende dieses Bluttages nicht enden zu wollen.

Larkyen eilte zur Straße, und blutiger Regen ging auf ihn nieder. Seine Augen weiteten sich. Inmitten eines frischen Schlachtfeldes aus blutigem Menschenfleisch, geborstenen Klingen und zerschmettertem Rüstzeug stand eine riesenhafte Gestalt. Ihre Muskeln übertrafen selbst jene der Kedanier bei weitem. Ein schwarzer Schopf aus langen seidigen Haaren umrahmte den breiten Schädel wie die Mähne eines Löwen. Die Stirn war niedrig, die Gesichtszüge wirkten primitiv, wie tierähnlich, und die schimmernden Augen waren die eines Raubtieres.

Nordar, der Gott des Krieges, der geboren wurde, als die Sonne in der Geschichte der Welt das erste Mal schwarz wurde, war erschienen.

Die stählerne Rüstung, die seine breite Brust umschloss und von deren Schulterpanzern wuchtige Eisenspitzen aufragten, triefte vor frischem Blut. Larkyen fielen die Menschenschädel auf, die, an Ketten angebracht, als Trophäen an seinem Leib baumelten.

Mit seinen großen Händen hielt der Kriegsgott den Schaft einer riesigen Axt umklammert. Der Stahl des wuchtigen Blattes war pechschwarz, begann jedoch plötzlich auf rätselhafte Weise zu glühen und offenbarte die magische Natur jener Waffe.

Der Kriegsgott verharrte an Ort und Stelle. Der Blick uralter Augen traf Larkyen. Prüfend sah ihn der Kriegsgott eine Zeit lang an, während er beim Atmen schnaufte wie ein witterndes Tier.

Nordars Mund öffnete sich, und mit kehliger Stimme rief er: „Larkyen! Sohn der dritten schwarzen Sonne! Endlich begegnen wir uns." Und sichtlich überrascht fuhr der Kriegsgott fort: „Du stammst aus dem Volk der Kentaren."

Die Muskeln in Larkyens drahtigem Leib spannten sich. Er zog das magische Schwert Kaerelys.

„Lass die Menschen gehen", sagte er, „du bist wegen mir gekommen."

„Wer seine Klinge gegen mich erhebt, muss sich mit mir im Kampf messen. Die hier gestorben sind, waren zu schwach, es waren keine guten Krieger. Ich kam wegen dir, denn du bist ein großer Krieger, und du trägst das Schwert Kaerelys."

Der Name von Larkyens magischem Schwert war ein Geheimnis, und kaum hatte der Kriegsgott ihn ausgesprochen, als das Schwert in Larkyens Hand zu vibrieren begann. Die Luft lud sich energetisch auf.

„Der einstige Träger dieser Waffe", sprach Nordar weiter, „war mächtig. Mächtig genug, um selbst einem Kind der schwarzen Sonne ebenbürtig zu sein. Ich ehre deine Stärke und dein Wissen um die Kampfkunst, doch kann ich nicht alle deine Taten dulden.

Du nahmst die Lebensenergie meines Günstlings Boldar, doch nur ich bin berechtigt, diese Energie zu besitzen.

Du zerstörtest die Siedlung in der Taiga und begingst somit einen Eingriff in die Natur, doch ich hatte Pläne mit den von dir getöteten Männern, Frauen und Kindern. Sie waren meine Auserwählten.

Du nahmst dir das Schwert Kaerelys, doch du darfst es nicht länger besitzen!

Ich bin der Älteste unserer Art. Mein Wort hat Gültigkeit in allen Teilen der Welt. Hier bin ich nun, um einzufordern, was mein ist."

Larkyen dachte gar nicht daran, seine Taten zu rechtfertigen. Seine Lippen blieben geschlossen, und er verzog keine Miene. In Erwartung des Unabwendbaren richtete er seinen Blick allein auf Nordar.

Der Kriegsgott stürmte auf Larkyen zu. Dumpf ließen die Schritte seiner hohen Stiefel den Boden erbeben.

Aber Larkyen dachte nicht daran zu fliehen, sondern griff ebenfalls an.

Als die magischen Klingen von Schwert und Axt aufeinandertrafen, erklang ein Donnern wie von hundert Gewittern. Larkyen und Nordar lieferten sich einen heftigen Schlagabtausch, und immer wieder trafen ihre Waffen aufeinander. Die Hiebe des Kriegsgottes zeugten von einer Kampftechnik und einem Wissen, die älter waren als die meisten Völker der Welt, und verlangten Larkyen einiges ab. Larkyen kämpfte voller Konzentration und bewahrte seine innere Ruhe. Nur ein winziger Fehler bei seiner Verteidigung würde seine Vernichtung bedeuten.

Längst war alles, was lebte und weiterleben wollte, aus der Umgebung der beiden Kämpfer geflüchtet. Das Gefecht der beiden Götter verwüstete die Umgebung, wie nur ein riesiges Heer von normalen Menschen es hätte fertigbringen können. Bäume zersplitterten oder wurden entwurzelt, Felsen zerbrachen, und der Boden erbebte stets aufs Neue. Larkyen und Nordar kämpften die ganze Nacht hindurch, um erst im Morgengrauen schließlich innezuhalten.

Beide waren weder außer Atem, noch verspürten sie Erschöpfung.

„Würdig", zischte Nordar. „Und doch ist es damit nicht getan."

Plötzlich stieß der rechte Arm des Kriegsgotts nach vorne, und die langen Finger seiner Hand schlossen sich um Larkyens Kehle. Larkyen versuchte sich dem Griff zu entwinden, merkte aber, dass er Nordars Finger nicht mal einen Zoll weit bewegen konnte.

„Die Lebenskraft Boldars ist für mich bestimmt!" donnerte der Kriegsgott. „Und das gilt für die Kraft aller, deren Leben du sonst noch innerhalb der Grenzen Kedaniens in dich aufgenommen hast."

Larkyen verspürte ein kaltes Brennen, wo Nordars Finger seine Haut berührten. Dann merkte er, wie plötzlich ganze Wogen von Energie seinen Leib verließen. Es gab zwei Möglichkeiten, ein Kind der schwarzen Sonne zu töten: Die eine bestand in einer tödlichen Verwundung durch eine magische Waffe, die andere im Entzug der Lebenskraft. Nun war er der Gewalt des Kriegsgottes ausgeliefert. Die schreckliche Gewissheit, den Tod empfangen zu müssen, durchströmte ihn.

Larkyen glaubte bereits das Bewusstsein zu verlieren, und der Gedanke, dass sich seine Augen gleich für immer schließen würden, ließ ihn nicht los. Das Schwert Kaerelys glitt aus seinen Fingern, fiel herab und blieb mit der Spitze im Boden stecken.

Jetzt ließ Nordar von ihm ab.

Larkyen sank vornüber auf die Knie. Er atmete schwer und blickte zu der riesigen Gestalt des Kriegsgottes auf.

In der linken Hand noch immer die Axt umklammernd, ergriff Nordars Rechte nun das Schwert Kaerelys. Dann richtete sich Nordars Blick für einen Moment auf die Gebirgswand in der Ferne, hinter der sich der Berg der drei Stürme erhob.

„Eastyr, Westara und Sodian", flüsterte der Kriegsgott, „Bei euren Namen, meine Brüder – Kaerelys ist mein, auf dass wir bald wieder vereint sind."

Nur unter Mühen erhob sich Larkyen wieder, um waffenlos vor dem Kriegsgott zurückzuweichen. Doch Nordar machte keine Anstalten, weiterhin gegen seinen Kontrahenten kämpfen zu wollen.

„Der Krieg liegt dir im Blut", sprach Nordar anerkennend. „Als ich von meinem Thron aus aufbrach, trachtete ich noch nach deiner Vernichtung. Doch du verdienst das Leben! Hier und jetzt soll deine Schuld gegenüber mir und Kedanien beglichen sein."

Zu Larkyens Verwunderung wandte sich der Kriegsgott von ihm ab und stapfte fort. Die Kedanier um Kverian erwarteten Nordar am Rande des Schlachtfeldes. Ihre Gesichter zierte eine bläuliche Kriegsbemalung. Die muskulösen nordischen Hünen wirkten neben ihrer Gottheit beinahe klein. Alle verneigten sie sich tief, und Larkyen wollte seinen Augen nicht glauben, als er sah, dass auch der Knabe Arnyan bei ihnen stand.

„Heil Nordar!" rief Kverian aus.

„Ich grüße euch, Krieger Kedaniens. Unsere Reise kann beginnen. Ändern wir den Verlauf der Weltgeschichte und läuten das Zeitalter der Starken und Mächtigen ein."

Die Kedanier riefen ihre riesigen Pferde herbei. Arnyan ritt auf Kverians Pferd mit.

Der Sohn der ersten schwarzen Sonne war zu groß, um von einem Reittier getragen werden zu können. Nordar lief seinem Gefolge zu Fuß voraus.

Kapitel 4 – In der Wildnis

Betroffen blickte König Elay auf die blutigen Überreste all jener Menschen, die es gewagt hatten, dem Kriegsgott gegenüber zu den Waffen zu greifen. Der König war allein. Nur zögernd trat er auf Larkyen zu.

„Ich bin froh, dass du noch lebst", sagte er, und in seinen Raubtieraugen spiegelte sich Angst. „Ich hätte dich dieser Unternehmung nicht allein aussetzen dürfen. Ein Krieger allein kann Nordar nicht besiegen."

„Wir müssen ihnen folgen."

„Aber nur wir beide", sagte Elay. „Ich kenne den Weg und die Umgebung besser als jeder andere. Wenn wir rasch voranziehen, wird es uns gelingen, Nordar noch einzuholen.

Ich habe meinen Soldaten befohlen, hier zu warten. Nur zu zweit sind wir schneller. Die einzigen, die uns hilfreich sein könnten, wären andere Unsterbliche. Ich habe einen Ruf in den Wind gesandt, bezweifle jedoch, dass viele ihn hören werden. Nicht alle von uns scheren sich um die Belange dieser Welt und ihrer Menschen."

Elays kindliches Gesicht verfinsterte sich noch mehr, als er sagte: „Da ist noch etwas, das du wissen solltest. Für die Wiedererweckung der drei Stürme ist ein Ritus vonnöten, in dem ein Teilnehmer aus einem fremden Volk sein Leben freiwillig opfern muss."

Arnyan! durchfuhr es Larkyen. Eine andere Erklärung konnte es dafür nicht geben, dass der Knabe sich unter den Nordmännern befand. Larkyen konnte nur mutmaßen, mit welchen Lügen sie ihn zu sich gelockt hatten.

„Diese Selbstopferung dient als Symbol für die freiwillige Unterwerfung des Schwächeren und die Anerkennung der Macht der Stärkeren. Wenn solch eine Tat bei der Ruhestätte eines Tyrannen vollbracht wird, beschwört sie angeblich den Geist jenes Tyrannen herauf.

Und was sind die drei Stürme anderes als Tyrannen? Durch dieses Opfer werden sich die Geister der drei Brüder Nordars am Ort ihres Todes einfinden."

Larkyen und Elay brachen sofort auf. Auf dem Rücken von Larkyens kedanischem Pferd folgten sie der Fährte von Nordar und seinen Leuten. Die felsige Landschaft abseits der Straße war für das riesige Reittier kein Hindernis.

Die Spuren, die Nordar auf dem Erdreich hinterlassen hatte, waren unverkennbar. Die tiefen Stiefelabdrücke führten auf einen Wald zu, durch den sich eine breite Schneise aus umgerissenen Bäumen zog.

Larkyen hoffte, dass sie Nordars Vorsprung wieder aufholen würden. Doch auch wenn die Kedanier nur Menschen waren, verfügten sie dennoch über große Ausdauer, die es ihnen gestattete, lange Zeit ohne eine Rast zu reisen.

„Der Knabe, der mit ihnen zieht", sagte Elay, „der junge Majunay. Kennst du ihn?"

„Ja, er heißt Arnyan. Sein Vater, der Häuptling, starb bei dem Anschlag der Zhymaraner. Und weil er von mir enttäuscht war, wandte er sich den Kedaniern und ihrer Gottheit zu."

„Du kannst nichts dafür."

„Vielleicht doch." Larkyen seufzte. „Ein ehemaliger Soldat unter den Stammesmitgliedern vermutete einen Angriff. Er bat mich darum, alle Zhymaraner unter deinen Gästen zu töten. Ich lehnte ab."

„Es war richtig, dieser Bitte nicht nachzukommen. Wenn etwas ungewiss ist, dann die Zukunft."

„Und ebenjene Ungewissheit war es, die Arnyan in die Hände der Kedanier trieb. Als Sohn des Häuptlings wird er irgendwann zum Stammesoberhaupt aufsteigen. Doch er fürchtet sich vor dieser Bürde und hat Angst vor einer Zukunft ohne seinen Vater. Wer könnte ihm das in einer Welt wie dieser verübeln? Er ist nur ein Knabe und sehnt sich nach weisen Ratschlägen und guter Führung. Die Kedanier erzählten ihm, es sei möglich, die Toten auferstehen zu lassen."

„Was nicht einmal eine Lüge war."

„Dann ist es also auch möglich, Menschen vom Tode auferstehen zu lassen?"

„Wir sind Götter, Larkyen, und Götter können den Tod geben wie auch das Leben. Dazu jedoch ist eine gewaltige Macht vonnöten, wie auch die Fähigkeit, einen Teil der eigenen Lebensenergie in den Leib eines Toten abzugeben. Die Kinder der ersten schwarzen Sonne erforschten einst die Mysterien des Todes, doch auch sie erfuhren nicht das ganze Wissen. Nordar hat lediglich eines der Geheimnisse gelüftet und will es umsetzen."

„Also ist es möglich, noch so viel Macht zu erlangen", flüsterte Larkyen und fragte sich wieder einmal, wie viel Wissen um seine Art ihm noch verborgen war.

Und er erinnerte sich an den einzigen Wunsch, der seine Seele erfüllt hatte, als er damals vor dem leblosen Leib seines Weibes Kara stand. Ihr totes Herz hätte wieder schlagen können. Und das Kind, das sie in sich trug, wäre in nicht allzu ferner Zukunft geboren worden. Sterblich, doch mit einem starken Herz in der Brust, um die Welt durch große Taten in bessere Zeiten zu lenken.

Später an jenem Tag ritten sie durch ein enges Tal. Zu beiden Seiten ragten graue, kegelförmige Berge in den Himmel, deren breite Schatten kalt und unwirtlich wirkten. Gelegentlich fiel Schnee.

Nach längerem Schweigen war es wieder Elay, der sprach.

„Bereust du manchmal, was du in Kedanien getan hast?"

„Nein."

„Als ich deine Geschichte hörte, fragte ich mich, was ich an deiner Stelle getan hätte. Ich, dessen Vorfahren bereits versucht hatten, Kriege zu schlichten und den Frieden zu bewahren. Denn Hass erzeugt immer neuen Hass. Und die Taten, die jener Hass zeitigt, sind es, die unsere Welt manchmal zu solch einem schrecklichen Ort machen. Du hast den Hass der Nordmänner mit deinem eigenen Hass bekämpft. Selbst mit Frauen und Kindern jeglichen Alters hattest du kein Erbarmen."

„Ich tat es, weil es getan werden musste. Ich schuf mit meinem Schwert den Frieden. Für alle, die unter Kedaniens Tyrannei litten – auch für den Tod meines eigenen Weibes und dem unseres ungeborenen Kindes."

„Vielleicht wäre es besser für die Welt gewesen, du wärst ein gewöhnlicher Nomade geblieben, ein Gemahl für dein Weib, ein Vater für dein Kind, anstatt zu dem zu werden, was du heute bist. Dein Kind wäre stark und gut geworden."

„Ich habe mir mein Leben bestimmt nicht ausgesucht. Ich versuche nur, das Beste daraus zu machen und zu überleben."

„Dazu aber musst du keine Bestie sein. Erinnerst du dich daran, wie viele Leben du während des letzten Winters genommen hast? Ganz gleich, ob mit dem Schwert oder auf Grund deines Hungers nach Lebenskraft? Wir müssen uns diesem Hunger nicht hingeben und den Tod bringen. Wir können auch völlig normal unter den Menschen leben. Und obwohl wir keine Menschen mehr sind, ist es uns möglich, Familien mit ihnen zu gründen."

„Warum führen wir überhaupt dieses Gespräch?"

„Nun, da wir zum Kampf gegen einen übermächtigen Gegner hinausreiten und unser Sieg ungewiss ist, möchte ich zumindest wissen, wer der Krieger an meiner Seite ist."

„Was soll das, König? Du sprichst von Frieden, während wir in die Schlacht reiten? Du wagst es, mir Ratschläge zu geben, und fragst dich, wer ich bin? Nun, König, meine Vergangenheit hat mich zu dem gemacht, der ich heute bin und mich gelehrt, dass ich mächtig sein muss. Und sei ehrlich, wen hättest du zur Hilfe geholt, wenn nicht mich, um diesen Konflikt und diese Bedrohung zu beenden? Was bezweckst du also mit deinen Worten?"

„Hoffnung", flüsterte Elay. „Hoffnung für dich, auf ein Leben in Frieden … eines Tages, fern von all der Gewalt.

Larkyen weigerte sich, sein Herz zu öffnen. Es war der falsche Moment, um sich glückseligen Gedanken und Wünschen hinzugeben. Alle Hoffnung, die er hier und jetzt hegte, handelte vom Sieg über den Kriegsgott.

Die Sonne ging bereits unter, und ein Abendrot färbte den Himmel, als Larkyen und Elay den Kriegsgott mitsamt seinem Gefolge in der Ferne erblickten. Deutlich hob sich die riesenhafte Gestalt von einer Hügelkuppe ab und verschwand hinter einer Gruppe kahler Bäume.

Der Berg der drei Stürme rückte näher. Die letzten Sonnenstrahlen verliehen dem Eis seiner Hänge ein schwaches Funkeln.

„Schon bald wird Nordar auf eine befestigte Straße gelangen", berichtete Elay. „Sie verläuft entlang der sagenumwobenen Schreckensschlucht. Dort ließ mein Urgroßvater einst eine Festung errichten, in der jetzt vierhundert der besten Soldaten Kanochiens stationiert sind.

Darauf folgt die Brücke von Dylion, sie führt unmittelbar hinüber zum Berg der drei Stürme.

Vor unserem Aufbruch ließ ich einen Falken mit einer Nachricht zur Festung fliegen. Die Soldaten müssten längst wissen, dass die Bedrohung naht.

Es gibt einen Geheimgang, der vom Rand der Schrekkensschlucht durch den Berg hindurch in die Festung führt. Dies ist unsere Gelegenheit, vor Nordar an der Brücke zu sein und uns gemeinsam mit den Soldaten dem Feind entgegenzustellen."

Während sich die ersten Sterne zeigten, ritten Larkyen und Elay über die Hügelkuppe, auf der sie den Kriegsgott das letzte Mal gesehen hatten. Dahinter lagen nur weitere Hügel und ein großer Gletscher, der im blassen Mondlicht bläulich schimmerte. Eine Höhle führte durch das Eis hindurch. Irgendwo hinter den dicken, glasigen Wänden plätscherte ein Bach.

In diesem Moment ertönte ein lautes Knirschen. Risse bildeten sich im Eis, und Wasser drang sprudelnd in die Höhle ein. Irgendwo vor ihnen erklangen dumpfe Schläge, und immer weitere Risse zogen sich durch Wände und Decke. Eisbrocken lösten sich und fielen krachend herab.

Larkyen und Elay ritten schneller voran. Ein paar Augenblicke später stand das kedanische Pferd knöcheltief im Eiswasser. Geschickt wich es den Eisbrocken aus. Es dauerte nicht lange, und sie hatten die Höhle durchquert. Hinter ihnen strömte immer mehr Wasser ins Freie. Sie ertappten einen Kedanier, der mit seiner Streitaxt immer wieder auf das Eis einschlug. Die großen Muskeln des Nordmannes arbeiteten mit ganzer Kraft und verrichteten ein Werk der Zerstörung. Ein Teil des Gletschers brach vollständig auseinander und schickte eine Lawine aus Eisbrocken und Wasser den Hang hinab. Zu spät hatte der Nordmann die Unsterblichen bemerkt.

Larkyen war vom Pferd gestiegen und hatte den Kedanier erreicht, noch ehe dieser eine Möglichkeit zum Angriff oder zur Flucht sah.

Der Mann ließ seine Axt sinken. Hinter der bläulichen Bemalung seines bärtigen Gesichts blickten ernste braune Augen hervor.

Larkyen bekam den Kedanier an dessen Fellkleidung zu fassen. Eine Flucht war nun unmöglich. Larkyen wusste, wie sehr die Zeit drängte. Er fragte nur: „Bist du der einzige, der zurückgelassen wurde?"

„Für den Fall, dass ich geschnappt werde, soll ich eine Botschaft von meinem Herrn verkünden", rief der Kedanier. „ Diese Botschaft ist nur für dich bestimmt, Larkyen. Kehre um, solange du noch kannst. Nur die Welt der Schwachen ist dem Untergang geweiht, die Starken aber werden leben. Du bist kein Feind, denn du gehörst zu den Starken, du verdienst das Leben!"

„Dann erfahre am eigenen Leib, was die Starken mit den Schwachen tun", zischte Larkyen und legte seine Hand auf die Stirn des Kedaniers. Er entzog dem Leib die Lebenskraft in wenigen Augenblicken. Der Tote versank in der eisigen Brühe des Gletschers.

Elay sah Larkyen ausdruckslos an. Er schien zu begreifen, wie unangebracht nun jegliche Mahnungen und Verweise waren.

Sofort galoppierten sie weiter und kamen bald an eine riesige Schlucht, die sich nach beiden Seiten bis zum Horizont erstreckte. Ein eisiger Wind blies durch das Schwarz ihres klaffenden Schlundes. Wolkenfetzen verschleierten die Sicht auf die gegenüberliegende Seite.

„Wir haben die Schreckensschlucht erreicht", sagte Elay. „Das altvordere Königsgeschlecht gab ihr diesen Namen. Es heißt, sie sei die tiefste Schlucht der Welt. Und wer hineinfällt, stürzt über die Länge eines Tages und einer Nacht in ihr hinab, bevor er schließlich an einem Ort tiefster Finsternis aufschlägt. Laut einer alten Sage haben in dieser Finsternis alle Schrecken der Welt ihren Ursprung."

Sie ritten nun über nackten Fels. Und obwohl Larkyen ein guter Fährtenleser war, vermochte er die Spuren des Kriegsgottes immer undeutlicher zu erkennen. Schneeverwehungen sorgten dafür, dass sich die Spuren schließlich verloren. Elay aber wusste über den weiteren Verlauf des Weges gut Bescheid und zeigte Larkyen die Richtung.

Sie zogen nach Osten. Im Mondlicht sahen sie die Ausläufer des Berges der drei Stürme jetzt noch näher. Dann gelangten sie auf die von Elay erwähnte Straße, die nun wieder steil nach Norden führte. Einst hatten sich tüchtige Baumeister große Mühe bei der Errichtung dieses Weges gegeben, heute jedoch waren die Befestigungen längst rissig von Eis und Kälte.

„Diese Straße hat ihren Ursprung bei meinem Herrschaftssitz, am Rande der Zeltstadt Deryn", erklärte König Elay. „Sie wurde für meine Truppen angelegt, um die Brücke von Dylion und die Festung schneller erreichen zu können."

Nur unweit vor ihnen sah Larkyen eine hochgewachsene Gestalt, die sich mit schnellen Schritten vorwärtsbewegte. Nur kurz hielt sie inne, um sich zu Larkyen und Elay umzudrehen. Die Gestalt gehörte weder dem Volk der Kedanier noch dem der Kanochier an.

Das fahle Mondlicht leuchtete in das Gesicht von Tarynaar, dem Gott des Volkes der Kentaren und Sohn der zweiten schwarzen Sonne. Seine Raubtieraugen funkelten.

Der Gott der Kentaren sah noch immer so aus wie Larkyen ihn von ihrer ersten Begegnung an der Grenze zu Kedanien in Erinnerung hatte.

Die kantigen Gesichtszüge, das weiße, bis zur Brust hinab wallende Haar, der weite Umhang, der seine Rüstung größtenteils verdeckte, und die ausladenden Schulterpanzer – auch ein magisches Schwert trug Tarynaar, dessen Knauf die Form eines Wolfskopfes hatte.

Noch ruhte die Waffe in einer metallenen Scheide, doch bald schon, so war sich Larkyen gewiss, würde sich eine Klinge mehr gegen den Kriegsgott richten.

Tarynaar hob die rechte Hand zum Gruß.

„König Elay, Larkyen, es beruhigt mich, euch beide wohlauf zu sehen."

„Tarynaar", rief Elay, „Willkommen in Kanochien. Gern hätte ich dich unter anderen Umständen in meinem Land wiedergesehen."

„Ich komme direkt aus Deryn", sagte Tarynaar. „In der Zeltstadt hat sich die Bedrohung bereits herumgesprochen. Die Menschen dort leben in Furcht. Sie haben all ihre Hoffnung in dich gesetzt, König."

Tarynaar nickte Elay freundlich zu, sah dann wieder lange Zeit nur Larkyen an.

„Es sind viele Tage und Nächte vergangen, seit ich dir an der Grenze zu Kedanien begegnet bin", erinnerte sich Tarynaar.

„Du hättest mir damals erzählen sollen, welchem Zweck das Schwert in meinem Besitz diente. Denn sicher wusstest du davon."

„Es gab lediglich Gerüchte, dass Nordar einst ein außergewöhnliches magisches Schwert geschmiedet hatte, das die Leben seiner Opfer auffrisst. Als ich dir begegnete, wusste ich noch nicht, dass es sich dabei um das Schwert handelte, das du bei dir trugst. Doch hätte ich es dir gesagt, hättest du mir denn geglaubt? Immerhin hast du auch meine Warnungen missachtet."

„Ich vertraute auf meine Stärke und auf meine Macht. Ich habe den Zorn des Kriegsgottes nie gefürchtet. Und ich habe bereits gegen ihn gekämpft und auch diese Begegnung überlebt."

„Zweifellos bist du ein hervorragender Krieger", lobte Tarynaar. „Die Kampftechnik der Majunay, angewandt von einem Kind der schwarzen Sonne, ist eine tödliche Kombination. Du kannst Nordar ein sehr machtvoller Gegner sein. Die nächste Begegnung aber wird mit einem klaren Sieg enden müssen. Entweder das Unmögliche gelingt und der Kriegsgott wird vernichtet, oder das Schwert Kaerelys wird zerstört."

Larkyen schwieg und konzentrierte sich nun einzig und allein auf sein Ziel. Er vertraute auf seine Fähigkeiten. Schon einmal hatte man ihm prophezeit, dass ein übermächtiger Gegner von ihm nicht bezwungen werden könnte. Doch Larkyen hatte vollbracht, was andere für unmöglich gehalten hatten. Er wusste, dass er den Kriegsgott vernichten musste. Ohnehin war es seit jeher das Beste, einen Gegner, ganz gleich ob Mensch oder Gottheit, zu töten. Er wunderte sich noch immer, warum ein so uraltes mächtiges Wesen wie Nordar ihn bei ihrer Begegnung nicht weiter bekämpft hatte. Sieg oder Tod, so lautete die Losung für jeden Kampf.

„Ich erwarte noch weitere Unsterbliche", verkündete Tarynaar. „Seit einiger Zeit schon warten sie in der Nähe des Berges der drei Stürme auf den Moment des Kampfes um die Weltordnung. Sie sehnen diesen Kampf herbei. Manche stehen auf unserer Seite, andere werden sich Nordar anschließen."

„Dort vorne liegt der geheime Gang", teilte Elay mit.

In einer engen Kurve fand sich in den Felsen eine schmale Nische, die bei oberflächlicher Betrachtung kaum Aufsehen erregte. Und mitten in der Nacht fiel es selbst einem Kind der schwarzen Sonne schwer, die feinen Konturen des Tores zu erkennen.

König Elay stieg vom Pferd, und seine Finger betasteten den Fels. Daraufhin erklang ein leises Klicken, und die Gesteinsfläche in der Nische ließ sich zurück in den Berg schieben.

Der Eingang bot gerade genug Platz, damit Larkyen mit dem großen kedanischen Pferd eintreten konnte.

„Dieser Gang führt direkt durch den Berg hindurch. Schon bald werden wir in der Festung sein. Dies gibt uns Zeit bis zum Mittag, denn erst dann werden Nordar und sein Gefolge die Brücke von Dylion erreichen."

Der Gang war dunkel wie die Nacht, die Luft darin stickig und kalt. Mit einem dumpfen Geräusch schloss Elay hinter ihnen das Tor.

Die Augen eines Kindes der schwarzen Sonne konnten selbst diese Finsternis durchdringen.

Der Gang verlief durch und durch gerade. Die sorgfältig gearbeiteten Wände zeugten wieder einmal von den großen Fähigkeiten der kanochischen Baumeister. Den Ruhm, der anderen Völkern im Westen für ihre Bauten zuteil wurde, sollte Kanochien niemals erfahren. Keiner der menschlichen Durchreisenden würde jene Bauten jemals zu sehen bekommen.

So behielt Kanochien bei allen Völkern, die sich mit Kampf und Eroberung brüsteten, den Ruf eines geschwächten Reiches.

Kapitel 5 – Die Festung

Als sich ein weiteres Tor aus massivem Stein öffnete, wurde die Finsternis vom Schein Dutzender Fackeln durchbrochen. Ein riesiges Gewölbe lag vor ihnen. Im schwachen Lichtschein stand den drei Unsterblichen eine Schar von Soldaten gegenüber.

Die Soldaten trugen bereits ihre Rüstungen. Die Visiere ihrer kantigen Stahlhelme waren geöffnet, und die Gesichter der Männer zeugten von Ehrfurcht. Alle verbeugten sie sich.

„Wir haben euch erwartet", sagte ein Soldat, der sich auf Grund des Federschmucks auf dem Helm von den anderen unterschied. Ein roter Umhang mit dem gestickten Emblem des kanochischen Löwen fiel über seine Schultern.

„Hauptmann Yerik, Befehlshaber der Feste", stellte Elay seinen Untergebenen vor.

„Die Soldaten sind bereits in Alarmbereitschaft", berichtete der Hauptmann. „Wir haben deine Botschaft mit dem Falken erhalten und erwarten bereits den Feind."

„Wir haben einen geringen Vorsprung", klärte Elay den Hauptmann auf. „Ich rechne mit der Ankunft des Kriegsgottes zur Mitte des Tages hin."

„Wir sind jetzt schon kampfbereit!"

„Umso besser."

Der Hauptmann führte die Unsterblichen in einen aufwärts führenden Gang. Die Decken waren noch immer hoch genug für Larkyen, um sein mächtiges Pferd an den Zügeln zu nehmen und neben ihm herlaufen zu können. Sie durchquerten mehrere fensterlose Räume.

Dutzende von Soldaten kreuzten ihren Weg. Es gab keinen Mann, der nicht bereits Rüstzeug und Waffen trug. Jeder, der ihnen begegnete, war auf den Kampf gut vorbereitet.

In einer großen Halle zog ein Wandgemälde Larkyens Blicke auf sich.

Ein gewaltiges Heer hünenhafter Krieger marschierte über eine blühende Landschaft hinweg. Mit den Fellen von Wölfen und Bären geschmückt, erinnerten sie an wilde Tiere, mit deren Erbarmungslosigkeit sie alle Gegner vernichten würden. In ihrer Front positionierten sich vier gigantische Männer, in ihren silbergrauen Rüstungen erschienen sie wie stählerne Monster. Ein jeder der Vier hob triumphierend eine Waffe empor, die im Licht erstrahlte.

Im Rücken des Heeres, am Horizont, loderten Flammen in den pechschwarzen Himmel.

Unter dem Gemälde waren in der kantigen Schrift der Kanochier mehrere Verse in den Stein gemeißelt.

„Dieses Bild soll uns stets daran erinnern, warum wir wachsam und kampfbereit bleiben müssen", erklärte der Hauptmann. Er deutete auf die Verse im Stein und sagte: „Die Prophezeiung Kanochiens."

Es war Elay, der die Verse laut vorlas. Seine jugendliche Stimme hallte von den Felsmauern wider.

„Einst kommt der Tag, an dem der Kriegsgott Nordar sich von seinem Thron erhebt.

Den hohen Norden wird er verlassen und wandern gen Süden, hin zu Kanochiens Grenzen.

Der Berg der drei Stürme wird sein Ziel sein, und was lange Zeit geruht hat, ist dazu bestimmt, aufzuerstehen.

Drei Stürme wartend in Eis und Schnee, gierend nach der Opfergaben zwei.

Ein Menschenleben, willentlich gegeben, ist die erste Opfergabe.

Der Menschenleben Dreißigtausend, mit Gewalt genommen, sind die zweite Opfergabe.

Drei Stürme lebendig, ihr Tod ist besiegt.

Vier Stürme vereint, aus Frieden wird Krieg.

Und die Riesen des Nordens werden sich vereinen zu einem gewaltigen Heer.

Über die Welt werden sie kommen, und Zerstörung und Tod werden sie bringen.

Heil denen, die fähig sind, zum Schwert zu greifen.

Dem Untergang geweiht sind jene, die zu schwach sind, das Schwert zu halten.

Aus Trümmern wächst Neues, ein mächtiges Reich.

Die neue Weltordnung lautet: Leben den Starken, Tod den Schwachen!"

Sie traten durch einen Torbogen ins Freie. Geschützt von mächtigen Zinnen, zog sich ein breiter Weg auf dem Festungswall entlang. Der steinerne Wall war über eine weite Strecke unmittelbar entlang der Schreckensschlucht errichtet worden. Ein weiterer Teil führte bis an die Felsen des Berges, so dass die Festung nach allen Seiten ein nicht zu umgehendes Hindernis bot. Zwischen den seitwärts gelegenen Felsen stand ein Aussichtsturm, auf dem sich im Mondlicht die winzigen Silhouetten von Menschen abzeichneten.

Larkyen hatte gute Sicht auf die Straße, die geradewegs auf ein großes Tor im Wall zuführte.

Das Durchbrechen des mit Metallbeschlägen verstärkten Eichenholzes war die einzige Möglichkeit für den Feind, den Innenhof der Festung durchqueren und somit dem Verlauf der Straße folgen zu können.

Schon konnte Larkyen die Brücke von Dylion sehen, die über die gähnende Weite der Schreckensschlucht hinausragte.

Ein Stallbursche bot an, Larkyens Pferd zu versorgen. Auch wenn die Ausdauer des Pferdes aus dem Norden ungebrochen war, wollte er dem Tier dennoch seine verdiente Ruhe gewähren.

König Elays Gastfreundschaft war selbst in dieser Krisenzeit beispielhaft. Er bot Larkyen und Tarynaar nicht nur Unterkünfte für die Nacht an, sondern wollte sie auch an der Lagebesprechung im großen Saal teilnehmen lassen. Beide jedoch lehnten dankend ab.

Der König widmete sich nun seinen Soldaten und trat an der Seite des Hauptmanns zurück ins Innere der Festung.

Larkyen blieb mit Tarynaar allein auf dem Wall. Bis auf den Wind, der durch ihre Haare blies, hörten sie lange Zeit nichts.

Auch wenn Larkyen die Ruhe schätzte – vor der Schlacht erschien sie ihm zuweilen unerträglich. Obwohl er das magische Schwert nicht mehr bei sich trug, konnte er den Beginn des Kampfes kaum mehr erwarten. Immer wieder ertappte er sich dabei, wie er seine rechte Hand auf die lederne Schwertscheide legte.

Tarynaar schien seine Gedanken zu erraten und brach das Schweigen.

„Wir werden dir beizeiten eine neue Waffe schmieden", erklärte er. „Und ich werde dich die Kunst lehren, dem Stahl magische Eigenschaften zu verleihen."

„Es gibt so viele Geheimnisse um unsere Art. Durch König Elay erfuhr ich, dass wir sogar mächtig genug werden können, um die Toten auferstehen zu lassen."

Tarynaar nickte.

„Elays Wissen um die Unsrigen ist groß, und auch du wirst noch vieles erfahren. Es ist bereits einige Zeit vergangen, seit ich Elay unterrichtet habe. Was er über unsere Art und deren Fähigkeiten weiß, verdankt er meinen Lehren. Nachdem die dritte schwarze Sonne über der

Welt erschienen war, fassten wir, die Söhne und Töchter der zweiten schwarzen Sonne, den Plan, euch alle, die wiedergeboren wurden, in die Geheimnisse der Unsrigen einzuweihen. Manchmal waren uns die Schamanen der Völker eine große Hilfe, oftmals traten wir selbst an die Wiedergeborenen heran. Doch jeder muss selbst entscheiden, welche der Lehren er annimmt und wie er sie einsetzt.

Wir müssen keine Raubtiere sein, keine Mörder, keine Krieger. Wir können unbemerkt unter den Menschen leben, können essen und trinken wie sie und wie wir es einst selbst taten. Das war es, wofür König Elay sich entschied: Er bricht das Brot mit den Menschen und trinkt aus ihren Kelchen, dabei mutet er genauso menschlich an wie jeder andere aus seinem Volk."

„Doch können wir es uns in einer Zeit wie dieser erlauben, so schwach wie ein Mensch zu sein?"

„Selbst wenn wir wollten, so sollten wir es nicht. Und wenn ich König Elay auch schätze und ihn in seiner Friedensmission niemals behindern würde, so sehe ich in ihm dennoch einen Todgeweihten. Auch wenn in ihm das Herz eines Löwen schlägt, so wird er nie mächtig genug sein, um sich gegen die Unsrigen erfolgreich zur Wehr zu setzen. Es ist zu lange her, dass er sich mit Lebenskraft genährt hat. Er will nicht den Tod bringen, sondern den Frieden erhalten. Der Wille, Frieden zu stiften, erfüllt ihn voll und ganz. Sein Vater war ähnlich, und König Elay führt diese Mission lediglich fort. Eines Tages – und ich hoffe, dieser Tag wird noch fern sein – wird König Elay im Kampf unterliegen und den endgültigen Tod finden.

Ich und du, Larkyen, wir sind dazu bestimmt, Krieger zu sein – Krieger der schwarzen Sonne."

„Nach dem Tod meiner Frau verfluchte ich die Götter nur zu oft. Dann erfuhr ich, dass ich einer von ihnen bin. Nicht zum Beten bestimmt, sondern zum Handeln. Seitdem weiß ich, was ich alles verändern kann, welche Gefahr ich für meine Gegner darstelle, und dass nichts mehr unmöglich ist."

„Alles ist möglich, wenn wir nur mächtig genug sind. Vergiss niemals, wer und was du bist. Selbst, wenn Leben manchmal auch Leiden bedeutet, wirst du dieses Leid dennoch überleben. Deine Zeit ist grenzenlos, dir gehört die Unendlichkeit, und unendlich werden auch deine Möglichkeiten sein, um ein Leben zu führen, von dem Menschen nur träumen können."

„Ich verspüre seit langem keine Furcht mehr. Selbst als ich dem Kriegsgott gegenüberstand, war mein Herz frei von Furcht. Wenn er die Festung erreicht, werde ich mich ihm ein zweites Mal entgegen stellen."

„Schon einmal hätte er dich vernichten können."

„Dann war es sein Fehler, mich am Leben zu lassen."

„Nordar begeht keine Fehler. Er hatte seine Gründe, dich am Leben zu lassen. Dein Geschick im Kampf beeindruckte ihn, und deine Herkunft ließ ihn innehalten."

Tarynaar zögerte und wusste nicht, ob er weitersprechen sollte, bevor er schließlich sagte: „Ein Teil seines Blutes fließt nicht nur durch die Adern eines jeden Kedaniers, sondern auch durch deine."

Larkyen zuckte zusammen. In sein Gesicht traten Zweifel.

„Es gibt heute nur noch wenige, die davon wissen. Es war Nordar, der die ersten Kedanier zeugte. Sie waren größer und stärker als die Menschen anderer Völker und als einzige befähigt, im hohen Norden der Welt überleben zu können. Sie gediehen inmitten von Eis und Schnee, und gleich ihrem Erzeuger waren sie von dem ewigen Drang zu Kämpfen erfüllt.

Du Larkyen, bist Kentare, genau wie ich. Das Volk der Kentaren ging einst aus dem der Kedanier hervor!

Noch bevor die zweite schwarze Sonne erschien, verließen viele Kedanier den hohen Norden und brachen nach Westen auf. Im Westen, so hieß es damals, war die Eiszeit schon lange vorbei. Und dort wo zuvor Eis und Schnee das Land erdrückt hatten, war eine neue Welt zum blühenden Leben erwacht. Die Wanderer aus dem Nordvolk ließen sich schließlich an den fruchtbaren Ufern des grauen Meeres nieder. Und sie gründeten eine neue Kultur, ein neues Volk, das fortan dem Westen zur Zier gereichte.

Die Saat Nordars besteht auch im Volk der Kentaren fort. Der Kriegsgott ließ dich am Leben, weil du außer mir der einzige aus dieser Saat bist, der unter einer schwarzen Sonne geboren wurde.

Du, Nordar und ich, wir sind von verwandtem Blut!

Die Prophezeiung der Kanochier berichtet von der Vereinigung der drei Stürme und der damit verbundenen Erhebung der nordischen Riesen. Da die Saat Nordars bis ins Volk der Kentaren reicht, sind auch die Wölfe des Westens dazu bestimmt, mit den vier Stürmen in die große Schlacht zu ziehen. Dieser Aufmarsch wird ein Zeitalter der Starken und Mächtigen einläuten.

Der Kriegsgott setzt darauf, dass du ebenso wie ich der Stimme deines Blutes folgen wirst."

„Weiß König Elay davon?"

„Nein, dieses Wissen teile ich nur mit dir, da wir beide Kentaren sind. Und du solltest es für dich behalten. Wir wollen keine Furcht unter unseren Verbündeten säen."

Larkyen war sich sicher, dass es in den Reihen der Krieger des Nordens keinen Platz für ihn gab.

Die Starken meuchelten die Schwachen. Und er wusste nur zu gut, welches Leid damit einherging. Sein Weib Kara, seine Adoptiveltern, der Stamm, bei dem er aufgewachsen war – sie alle wären in den Augen des Kriegsgottes zu schwach gewesen. Längst hatte Larkyen das gewaltige Ausmaß des einstigen Feldzuges von Boldar der Bestie begriffen. Ein jeder Tod war für den Kriegsgott und seine Brüder bestimmt.

Der Sturm des Nordens war schon seit langem geplant, und selbst der mächtige Boldar war nur einer der Handlanger, um das beschworene Zeitalter der Starken einläuten zu können.

Larkyens Finger gruben sich in die Haut seiner Handflächen, bis Blut hervor rann. Noch lange blickte er hinauf in die Sterne, ehe die aufgehende Sonne das graue Gestein der Berge in ihr Licht tauchte. Sehnsüchtig erwartete Larkyen die Mittagszeit. Blut für Blut, Tod für Tod.

Am Morgen begannen die Soldaten ihre Positionen einzunehmen. Befehlshaber brüllten Kommandos, und die Soldaten gehorchten wie ein Mann. Es dauerte nicht lange, bis Larkyen und Tarynaar nicht mehr allein waren. Bogenschützen, Speer- und Schwertträger hatten sich in mehreren geordneten Reihen über den Wall verteilt. Ihre blanken Rüstungen reflektierten die Strahlen der Sonne.

Im Innenhof wurde das Tor mit Baumstämmen verstärkt. Dahinter nahmen weitere Soldaten ihre Position ein. Sogar schwere Katapulte wurden aufgefahren.

Und da sie sich einer uralten Gottheit entgegenstellten, würden noch weitere Maßnahmen nötig sein.

Der Mittag schlich heran. Die Stille wurde jäh unterbrochen, als vom Aussichtsturm der Ruf ertönte: „Feind in Sichtweite!" In der Festung drang dieser Ruf plötzlich immer wieder aus Dutzenden von Kehlen.

Nun konnte auch Larkyen hinter den Zinnen die Ankunft des Feindes mitverfolgen. Die riesenhafte Gestalt des Kriegsgottes näherte sich schnell. Die Kedanier an seiner Seite ritten auf ihren Pferden im vollem Galopp.

Dieser Angriffsritt war anders als Larkyen es von den Nordmännern gewohnt war. Ritten sie sonst mit lautem Geschrei und Kriegeshymnen in die Schlacht, so hüllten sich diese Krieger in Schweigen – vielleicht weil ihr Ziel diesmal ein anderes war als bloße Unterwerfung und Eroberung, vielleicht aber hielt sie auch die Ehrfurcht vor der Anwesenheit ihres Gottes in Schach.

Im Innenhof der Festung erschien König Elay. Unter den kräftigen Soldaten mit ihren bärtigen Gesichtern schien der Junge auf dem ersten Blick fehl am Platz zu sein. Elay sprach mit den meisten seiner Soldaten auf fürsorgliche und respektvolle Weise. Und allen war ihnen anzusehen, dass sie Mut und Hoffnung aus den Worten ihres Königs schöpften.

Nun nahm auch Elay seinen Platz auf dem Wall ein. An seiner Seite befand sich der Hauptmann.

Nur flüchtig sah der König zu Larkyen auf und sagte: „Ich habe meine Soldaten darüber informiert, dass sich unter den Kedaniern ein Majunayknabe befindet, der dazu bereit ist, den drei Stürmen sein Leben als erste Opfergabe zu bieten. Die Bogenschützen werden versuchen, diesen Knaben zu töten. Es tut mir leid, Larkyen. Aber wir müssen so handeln."

„Ich weiß, wir haben keine andere Wahl."

Nur kurz dachte Larkyen an Arnyans Mutter, die ihren Sohn vielleicht nie wieder sehen würde.

Auf einen Wink des Hauptmanns hin ertönte der Ruf: „Katapulte, Abschuss!"

Ein lautes Knarren und Dröhnen drang aus dem Innenhof, als zehn Katapulte zeitgleich ihre steinernen Ladungen in hohem Bogen über den Wall hinweg schossen. Mit einem dumpfen Knall schlug einer der Gesteinsbrocken inmitten der kedanischen Reihen ein. Geröll und Schnee wirbelten hoch, und vier Nordmänner hatten ihre Leben verloren. Weitere Geschosse schlugen hinter den Reitern ein, einer der Brocken wurde von einem Axthieb Nordars zerschlagen, noch ehe er Schaden anrichten konnte.

„Bogenschützen!" ertönte ein weiterer Ruf. Nur einen Atemzug später rasten Dutzende Pfeile auf die Angreifer nieder. Doch nur drei Kedanier fielen ihnen tatsächlich zum Opfer, die anderen ritten trotz einiger Verletzungen unverdrossen weiter.

Nun beschleunigte Nordar sein Tempo und gewann gegenüber seiner Anhängerschaft einen gravierenden Vorsprung.

Kein Pfeil, kein steinernes Geschoss, auch nicht die in Not geworfenen Speere konnten ihn stoppen, als er auf das Tor der Festung zuspurtete.

Mit ohrenbetäubendem Krachen prallte der massige Leib des Kriegsgottes gleich einem Rammbock auf das Eichenholz. Immer wieder warf er sich dagegen.

Im Innenhof stemmten Dutzende Männer die Baumstämme dagegen. Mehrere Axt- und Schwerthiebe Nordars brachten das massive Eichenholz zum Splittern.

Den Pfeilhagel, der ihn aus kürzester Distanz vom Wall aus eindeckte und seinen Leib spickte, nahm er wie beiläufig zur Kenntnis.

Tarynaar griff unter seinen Umhang, und seine Finger legten sich um das Schwert mit dem Wolfskopf. Er präsentierte eine Klinge aus dunklem Stahl, die auf ein Flüstern von ihm aufzuglühen begann.

Der Unsterbliche sprang vom Wall hinab vor die Festung. Als er unmittelbar neben dem Kriegsgott stand, griff er sofort an.

Nordar war längst auf den Angriff vorbereitet und ließ von dem Tor ab. Mit Schwert und Axt parierte er den Angriff seines Gegners spielend. Dann setzte er Tarynaar mit einer Folge verheerender Hiebe schwer zu und trieb ihn zurück.

Nun schritt Larkyen, wenn auch ohne Schwert, in den Kampf ein. Er sprang mit einem Salto über den riesigen Leib des Kriegsgottes hinweg, kam hinter ihm wieder zum stehen und schlug mit aller Kraft zu. Seine Faust grub sich in den Stahl von Nordars Rüstung hinein und traf auf das darunterliegende Fleisch. Nordar geriet ins Schwanken, zeigte keine weitere Regung, sondern fuhr zu Larkyen herum und schlug nun ebenfalls mit der bloßen Hand zu. Die riesige Hand des Kriegsgottes fegte über Larkyens Wange hinweg und es schien, als träfe lediglich Granit auf Granit.

„Ihr wagt es, gegen mich anzutreten?" knurrte Nordar. „Ihr, die ihr von meinem Blut seid? Es ist eure Bestimmung, an meiner Seite zu stehen."

„Und doch leisten wir vereint Widerstand!" rief Elay. Auch der König hatte den Wall verlassen und war bereit zu kämpfen.

„Elay", zischte Nordar; die kehlige Stimme des Kriegsgottes war voller Verachtung. „Ein Löwe, der sich wie ein Lamm gibt."

Während der Kriegsgott gegen die drei Kinder der schwarzen Sonne stritt, ritten die Kedanier weiter heran. An vorderster Front Kverian, hinter sich der Knabe Arnyan. Beide waren unversehrt, kein Pfeil hatte sie getroffen.

Das Pferd des Kriegsschamanen bäumte sich auf und stieß gegen das Tor. Dieser letzte Kraftakt genügte, um das Eichenholz endgültig zum Bersten zu bringen. Wie eine Lawine strömten die kedanischen Reiter in den Innenhof der Festung.

Inmitten des Schlachtengetümmels bemerkte Larkyen noch weitere Kämpfer, bei denen es sich weder um Kanochier noch Kedanier handelte. Es schien, als seien sie aus dem Nichts aufgetaucht, um erst jetzt, inmitten dieser Flut aus Stahl und Eisen, in Aktion zu treten. Ihre Bewegungsabläufe waren zu schnell als das es menschliche Wesen hätten sein können. Noch wusste keiner, wie viele es waren, und nur wenige von ihnen standen den Verteidigern der Festung bei. Doch ihre Raubtieraugen und ihre pechschwarzen Klingen sprachen für sich. Sie trugen Helme und Rüstungen, die in ihrer Fertigung denen der Nord- und Ostländer ähnelten, einige waren längst verrostet und schienen viele Jahrhunderte alt, wie ihre Träger zu sein. Unter den neuen Verbündeten war auch Patryous, bekannt als Göttin der Reisenden, eine anmutige Schönheit aus dem Volk der Majunay. Ihr Umhang verhüllte einen Großteil ihrer schlanken Gestalt. Bewaffnet mit einem Speer, vollführte sie einen blutigen Tanz gegen die Angreifer.

Die Verteidiger der Festung kämpften diszipliniert und tapfer. Es wäre ihnen ohne weiteres gelungen, die kedanischen Reiterscharen vollständig aufzureiben. Doch den Kindern der schwarzen Sonne, die auf Nordars Seite stritten, waren sie nicht gewachsen. Schnell war eine blutige Bresche entstanden, durch die Kedaniens Reiter hindurchgaloppierten.

Die Stimme von Patryous war laut und klar, als sie um Unterstützung bat.

Tarynaar hatte soeben einen von Nordars Schwerthieben pariert, sein sorgenvoller Blick verriet seine Zuneigung zu der Unsterblichen, aber er konnte ihr nicht beistehen.

Larkyen gelang es mit Tarynaars und Elays Unterstützung, den Kriegsgott noch eine Zeit lang zu beschäftigen. Längst hatte Larkyen die Streitaxt eines Toten ergriffen und ihm sogar eine leichte Wunde am Arm zugefügt. Auch wenn die Wunde einer von Menschenhand geschmiedeten Waffe binnen eines Atemzuges verheilte, brachte sie den Kriegsgott doch zum Staunen.

Den Verteidigern der Festung verhalf jene Tat zu neuem Mut, der sich in einer gewaltigen Offensive entlud, in der sie die kedanischen Reiter bis vor das Tor zurückdrängten.

Larkyen bearbeitete den Kriegsgott immer weiter, als er plötzlich aus den Augenwinkeln einen weiteren Gegner wahrnahm. Grimmige Raubtieraugen hatten ihn fixiert, und die schwarze Klinge eines Säbels schnellte auf seinen Kopf zu. Im letzten Moment konnte er ausweichen und sich unter dem Hieb am Boden abrollen.

Währenddessen kämpfte Nordar weiter gegen Elay und Tarynaar. Schließlich schleuderte er den König Kanochiens gegen den Wall. Das Gestein barst unter Elays Aufprall. Ächzend erhob sich der König aus den Trümmern.

Larkyen sah mit Entsetzen, wie Nordar nun Tarynaar zurücktrieb und durch die Front der Verteidiger in die Festung stürmte. Keiner der Menschen vermochte dieser urgewaltigen Kraft Widerstand zu leisten und die wenigen Kinder der schwarzen Sonne, die an der Seite der Verteidiger kämpften, wurden hinweggeschleudert oder von den Schlägen der magischen Axt zerfetzt.

Larkyen wollte dem Kriegsgott nacheilen, doch sein neuer Gegner ließ ihn nicht gewähren.

Er war ganz in schwarz gekleidet, das Gesicht war bis auf die Augen und den Mund, der ein triumphales Grinsen kalkweißer Zähne bildete, verhüllt. Er kam einem lebendigen Schatten gleich. Mit kreisenden Bewegungen seines Säbels griff er Larkyen abermals an.

An dem Mal auf dem Handrücken seines Feindes erkannte Larkyen, dass es sich um ein Kind der dritten schwarzen Sonne handelte. Trotz dessen flinker Säbelstreiche und schneller Bewegungen war es für Larkyen jedoch ein leichtes, dem Feind den Säbel zu entreißen und ihn damit zu enthaupten. Nur ein Unsterblicher konnte einen anderen Unsterblichen vernichten! Es war das erste Mal, dass er das Ableben eines derartigen Feindes aus nächster Nähe miterlebte. Nichts zeugte beim Sterben von der Macht, die ihren Leibern innewohnte. Ihr Blut war rot, und zurück blieb lebloses Fleisch.

Im Inneren der Festung lagen ringsum verstreut die leblosen Leiber Dutzender von Soldaten. Das ihren Wunden entrinnende Blut dampfte in der kalten Luft.

Zwischen den Trümmern eines Katapultes lag Patryous, die mit zitternden Händen zum Ende des Innenhofes deutete.

„Folge ihnen", rief sie Larkyen zu. „Sie sind auf dem Weg zur Brücke."

Larkyen gelangte schon bald wieder auf die Straße.

Die Brücke von Dylion war nahe, und der Weg über die Schreckensschlucht war weit.

Die kedanischen Reiter hatten die Brücke bereits zur Hälfte passiert.

Die jetzt noch kämpften, gehörten allesamt den Söhnen und Töchtern der schwarzen Sonne an. Schon an ihren schnellen Bewegungen erkannte Larkyen die Angehörigen seiner eigenen Art. Zehn kämpften auf Nordars Seite, nur vier standen Tarynaar bei.

Beide Seiten erlitten rasche Verluste, und alle Sterbenden ertrugen den zweiten Tod schweigend.

Endlich konnte Larkyen eingreifen. Er versuchte sich allein dem Kriegsgott zu widmen, bemerkte aber zu spät, dass die Kedanier mit ihren Äxten und Schwertern die Brücke beschädigten.

Erste Risse zogen sich durch das Gestein, wurden schnell größer, bis ein Krachen ertönte. Der Boden begann zu wanken.

Nordar und seine sechs Verbündeten eilten der gegenüberliegenden Seite entgegen. Tarynaar und seine Mitstreiter versuchten ihnen zu folgen, dann brach der Boden ein und zog sie beinahe alle mit in die Tiefe.

Bevor auch der Boden unter Larkyens Füßen nachgab, sprang er aus dem Stand nach vorne in Richtung des Feindes.

Er war sich im Klaren darüber, dass er die andere Seite der Brücke nicht erreichen würde, hoffte jedoch, mit seinen Händen Halt in den Felsen finden zu können.

Hart schlug er gegen das Gestein und fand tatsächlich Halt. Seine Beine baumelten im Leeren. Das erbeutete Schwert hatte er verloren.

Mühsam tasteten seine Finger nach Nischen. In der zerklüfteten Wand fand er immer wieder guten Halt. Schnell arbeitete er sich nach oben.

Endlich hatte er den Rand der Schreckensschlucht erreicht. Ein Klimmzug noch, und er konnte die Verfolgung wieder aufnehmen.

Plötzlich sah er vor sich ein riesiges Paar Stiefel, deren Leder von frischem Blut befleckt war. Schon am Geruch erkannte Larkyen, dass es Menschenblut war. Sein Blick wanderte über die ebenfalls mit frischem Blut besudelte Lederhose nach oben, sowie über die Schädel, die an Ketten von einem breiten Hüftgürtel herabbaumelten.

Nordars Raubtieraugen waren starr auf Larkyen gerichtet. Grimmig verzog der Kriegsgott die Mundwinkel und holte zum vernichtenden Axthieb aus.

Larkyen ließ sich auf einen schmalen Felsvorsprung fallen und entging in letzter Sekunde dem Tode.

Nun war er außerhalb der Reichweite von Nordars Waffen.

Larkyen sah zu ihm hinauf.

Mit heiserer Stimme wiederholte Nordar die Worte, die Larkyen an ihre Blutsverwandtschaft erinnern sollte: „Der Krieg liegt dir im Blut!"

Und nun, erneut im Angesicht des Kriegsgottes, spürte er ihn deutlicher als je zuvor: Diesen Drang zu kämpfen und niemals aufzugeben.

Nordar sprach weiter: „Du kannst das Schicksal dieser Welt nicht verändern, sondern bist selbst ein Teil davon."

„Zerstörung nennst du Schicksal?" rief Larkyen. „Ich kann das nicht zulassen."

„Deine größte Schwäche sind die Menschen", sprach Nordar. „Die Gesetze der Natur kennst du sehr gut. Du weißt, dass einzig die Starken überleben und die Schwachen zugrunde gehen. Doch du bist nur bedingt bereit, diese Tatsache zu akzeptieren. Denn das Leid deiner Vergangenheit spukt dir noch immer im Kopf herum. Als der Stamm der Yesugei mitsamt deinem Weib und eurem ungeborenem Kind, deiner Adoptiveltern und all deiner Freunde ausgelöscht wurde, so geschah es dennoch im Einklang mit der Natur. Sie starben, weil sie zu schwach waren. Und in der Vernichtung der Schwachen durch die Starken siehst du ein Unrecht, das du bekämpfen willst. Immer und immer wieder."

„Das ist mein Schicksal!"

„So sei es. Wir stehen hier am Rande der tiefsten Schlucht dieser Welt. Auf ihrem Grund sollst du aufschlagen. Dein Leib wird zu Brei zerschmettert, doch du wirst nicht sterben. Dein Geist wird sich zwischen Leben und Tod aufhalten, während dein Fleisch und deine Knochen heilen. Es wird lange Zeit brauchen, bis du dich erholt hast, und wenn du dann imstande sein wirst, aus der Tiefe heraus zu klettern, hat sich die Welt bereits nach meinen Vorstellungen verändert."

Daraufhin erhob der Kriegsgott die Axt aufs Neue und ließ das glühende Blatt niederfahren. Die Wucht des Schlags sprengte ein riesiges Felsstück aus der Wand. Eine Lawine aus Geröll stürzte auf Larkyen herab und riss ihn mit sich in die Tiefe.

Sein Herz hämmerte wie wild, und durch die rasende Geschwindigkeit des Falls verlor er die Orientierung. Er wirbelte umher … dann ein Aufprall. Etwas durchbohrte seinen Brustkorb. Die Welt vor seinen Augen wurde schwarz, und er versank in einem Meer aus Schmerzen.

Kapitel 6 – Der Berg der drei Stürme

„Larkyen." Die Stimme einer Frau hallte in seinem Kopf wider. Er kannte sie nur zu gut, hatte sie viele Tage seines Lebens in Freude vernommen. Karas Stimme.

Plötzlich sah er sich im kniehohen Gras der Steppe stehen. Er war wieder der Nomade. Sein wachsamer Blick war auf die Viehherde gerichtet.

Die weißen Jurten des Stammes der Yesugei leuchteten in der Ferne. Nur zu gern blickte er zu dem Bachlauf, wo die Frau stand, die er so sehr liebte.

Ihr hüftlanges, dunkles Haar wehte im Wind, und im Sonnenschein des warmen Sommertages glänzte es wie feinste Seide.

Kara winkte ihm zu. Ob sie lächelte, konnte er nicht erkennen, in seiner Erinnerung jedoch lächelte sie immer.

Er musste sie aus der Nähe sehen, musste ihr nahe sein.

Die Viehherde war ihm gleichgültig, und er ging zum Lager.

Das hohe Gras scheuerte gegen das Leder seiner Hose. Er konnte es kaum erwarten, sein Weib in die Arme zu schließen.

Nun war es nur noch der Bachlauf, der sie trennte.

„Kara", seufzte Larkyen.

Ein plötzlicher Windstoß fegte über die Steppe hinweg, wiegte die Gräser und wehte Larkyen Strähnen seines schulterlangen Haares ins Gesicht. Als er sich die Haare beiseite strich, erschrak Kara.

Die Hände abwehrend von sich gestreckt, wich die Frau zurück. Larkyen sah sich überrascht um, doch da war niemand außer ihnen beiden.

„Deine Augen", hauchte Kara. „Du hast die Augen eines Raubtieres. Du bist kein Mensch! Und deine Kleidung riecht nach dem Blut all derer, die durch dich den Tod fanden. Du bist nicht der Larkyen, den ich kannte."

Larkyen beugte sich hinunter zum Wasser. Im Sonnenschein spiegelte sich sein Gesicht auf der klaren Oberfläche.

Die kantigen Züge offenbarten nur zu sehr seine westliche Herkunft. Bleich und glatt war seine Haut, in tiefem Grün jedoch stachen die Augen eines Raubtiers hervor. Früher hatte er so oft ein Lächeln im Gesicht gehabt, heute blickte er die meiste Zeit ernst drein. In seinem Herzen war ein Schmerz, der niemals verschwinden würde. Das war sie also, die Sphäre zwischen Leben und Tod. Eine Heimat für Geister. Und so wunderbar dieser Ort auch sein mochte, wollte Larkyen dennoch nicht inmitten dieser Trugbilder verweilen. Die Welt der Lebenden war seine Heimat. Er musste zurückkehren.

„Du hast Recht, ich bin nicht mehr der Larkyen, den du kanntest", flüsterte er Kara zu. „Ich bin schon einmal gestorben. Und durch meinen Tod wurde ich wiedergeboren. Ich bin kein Mensch mehr."

Kaum hatte er diese Worte ausgesprochen, als die Steppenlandschaft und mit ihr sein Weib verschwammen.

Plötzlich hatte Larkyen gewaltige Schmerzen. Er spürte eine heiße Flüssigkeit, die seine Kleidung tränkte, schmeckte den Geschmack von Blut in seinem Mund. Die Realität holte ihn zurück. Der Sturz hätte Larkyen den Viehhirten getötet, doch der war längst gestorben. Larkyen der Sohn der schwarzen Sonne lebte und war beseelt vom Geist des Kriegers.

Seine Arme und Beine baumelten im Leeren. Ein spitzes Stück Felsen hatte ihn aufgespießt und ragte aus seinem Brustkorb hervor. Er brach es mit bloßen Händen auseinander und erhob sich. Langsam ließen die Schmerzen nach, und jede Wunde verheilte, ohne Narben zurückzulassen.

Larkyen wusste nicht, wie tief er tatsächlich gestürzt war, denn die Wolkenschleier nahmen ihm die Sicht.

Auch konnte er nur anhand der zunehmenden Dunkelheit erahnen, wie viel Zeit verstrichen war. Der Tag neigte sich dem Ende zu.

Larkyen suchte Halt in der sich vor ihm erstreckenden Felswand. Er begann wieder zu klettern. Niemals würde er aufgeben, egal wie tief er fiel.

Rasch gelangte er weiter nach oben. Waren die Felsen zu glatt, so schlug er mit der Faust Löcher in das Gestein, um in ihnen Halt zu finden.

Gedanken suchten Larkyen heim, Gedanken über seine Verluste. Er erinnerte sich erneut an sein Weib Kara, versuchte sich diesmal so intensiv wie nie zuvor das gemeinsame Kind vorzustellen.

Kara wiegt es in ihren Armen, singt ihm die alten Lieder ihres Volkes vor. Warme Strahlen einer gütigen Sonne benetzen die zarte Säuglingshaut, dann übergibt Kara Larkyen das Kind. Es erscheint so klein und zerbrechlich für seine großen Hände, Götterhände. Er fühlt das reine konzentrierte Leben seines eigenen Kindes. Er hört das kleine Herz schlagen und Tränen sammeln sich in seinen Augen, die Freudentränen eines Vaters, der in einem Moment voller Dankbarkeit mit der ganzen Welt vereint ist.

Das Kind hätte ein Junge sein können, eines Tages so kräftig und hochgewachsen wie Larkyen, die Hautfarbe rotbraun wie bei Kara. Er wäre ein Nomade geworden, der in Freiheit in der Steppe lebt, er hätte ein guter Reiter sein können, ein erfolgreicher Jäger. Ein Mann, der seinen Weg im Leben geht, der sich in Konflikten behauptet und Tapferkeit kennt.

Es hätte auch ein Mädchen sein können, wunderschön wie ihre Mutter, erfüllt von Güte und Ehrlichkeit, dennoch wäre sie stark gewesen wie Larkyen, vielleicht hätte sie seine grünen Augen gehabt, möglicherweise einen Teil seiner nordischen Gesichtszüge. Sie wäre eine Frau geworden, die jeder der ihr begegnet wäre, niemals hätte vergessen können.

Doch das Kind war nie geboren worden und all diese Momente eines so kostbaren sterblichen Lebens hatte es nie gegeben, Larkyen war darum betrogen worden und er schrie in Wut auf, während sich seine Faust erneut in das Felsgestein grub.

Es war schon Nacht, als Larkyen aus der Schreckensschlucht hervorkletterte. Wieder sah er zurück auf die andere Seite. Der Turm der Festung schimmerte im Mondlicht. Larkyen war sich sicher, dass seine Verbündeten bereits fieberhaft nach einer Möglichkeit suchten, zu ihm zu gelangen. Er hoffte es sogar, doch bis es soweit war, nahm er die Verfolgung allein auf, denn die Zeit drängte.

Larkyen durchquerte ein langes Tal, dessen Hänge von spitzen Felsen gesäumt waren, und musste einen Gletscher überqueren, bis er schließlich freie Sicht auf den Gipfel des Berges der drei Stürme hatte. Die Fußabdrükke Nordars und seiner Begleiter im Schnee verrieten den weiteren Verlauf des Pfades. Steil und in Schlangenlinien führten sie hinauf. Dort oben sollte also ein neues Zeitalter durch den Kriegsgott Nordar eingeläutet werden. Viele Tyrannen hatten in der Geschichte der Welt danach gestrebt, eine Ordnung nach ihren Vorstellungen zu erschaffen, doch Larkyen hatte nie zuvor erlebt, dass eine uralte Gottheit wie Nordar sich in die Scharen jener Tyrannen einreihte.

„Leben den Starken, Tod den Schwachen." Für den Kriegsgott und seine Anhängerschaft war jene Losung nur zu einfach und rechtfertigte einmal mehr ihre Lüsternheit nach Gewalt. All die Fortschritte, die Errungenschaften der Menschen würden durch Nordar und seine Brüder und durch ein vereintes nordisches Heer hinweggefegt werden. Jenes Reich, das aus den Trümmern der Welt neu entstehen sollte, vertrieb Larkyen aus seinen Gedanken, weil es dort niemals einen Platz für Kara und ihr Kind geben würde.

Auch im Morgengrauen war das Wetter Larkyen noch immer wohl gesonnen. Bis auf einige Wolkenfetzen blieb der Himmel blau.

Da hörte Larkyen hinter sich ein schweres Ächzen. Er fuhr herum und sah in das schmerzverzerrte Gesicht eines Sohnes der schwarzen Sonne, dessen magisches Schwert zum tödlichen Schlag erhoben war. Larkyen wich zurück, sein Feind verharrte in der Bewegung. Larkyen kannte jenes Gesicht – hatte er es doch unter den Verbündeten des Kriegsgottes auf der Brücke von Dylion schon einmal erblickt.

Ein Ruck durchfuhr den Leib des Feindes, und er sank mit Blut vor dem Mund vornüber. Dahinter trat der König Kanochiens hervor. Elay wischte das Blut auf seiner Klinge am Umhang ab.

Der König war schwer erschöpft, seine edle Kleidung zerschlissen, doch er lächelte.

„Du wirst unachtsam" sagte Elay. „Selbst der mächtigste Unsterbliche braucht Freunde. Diese Wache hätte dir den zweiten Tod beschert."

Obgleich Elay, auch wenn sein Körper der eines Knaben war, ebenso alt wie Larkyen selbst war, versprühte er im Moment wieder jene jugendliche Unbeschwertheit, die Larkyen schmunzeln ließ.

„Wir müssen weiter", sagte Larkyen. „Die Zeit drängt." Und so rannten sie los, Seite an Seite weiter voran. Die Luft wurde immer kälter und dünner, die meisten Sterblichen würden in einer solchen Umgebung nicht lange überleben können. Die Kedanier hingegen waren widerstandsfähiger und durch ihre Heimat eine ähnliche Eiseskälte gewohnt. Sie mussten ihren Spuren nach sogar sehr schnell voran gekommen sein.

„Wie hast du es auf die andere Seite der Schreckensschlucht geschafft?" fragte Larkyen seinen Gefährten unterwegs.

Elay lächelte noch immer, als er sagte: „Beim Bau der Brücke von Dylion wurde nichts dem Zufall überlassen. Einen halben Tagesmarsch in Richtung Osten gibt es noch eine Brücke, lediglich gefertigt aus Holz und Tauen. Sie wurde jedoch vor vielen Wintern durch die rauhe Witterung stark beschädigt und trägt heute nur noch das Gewicht eines Knaben."

Elay betrachtete nur kurz die Blutflecken auf Larkyens Kleidung.

„Eine so schwere Verwundung versetzt die meisten von uns in einen Zustand, den wir Jenseits von Leben und Tod nennen", erklärte der König. „Es ist, als wandelten wir in einem Traum, in einer Gedankenwelt, die uns dennoch so echt und glaubhaft erscheint, dass wir sie nur ungern wieder verlassen möchten. Was hast du gesehen, als du dort warst?"

„Ich sah mein Weib Kara", flüsterte Larkyen, dann hüllte er sich in Schweigen. Dieses Erlebnis wollte er mit niemandem teilen.

Das erste Licht des Tages schien auf eine Felswand, die kerzengerade in die Schreckensschlucht hinab verlief.

Immer deutlicher konnten Larkyen und Elay den Gipfel erkennen, den sie zur Tagesmitte hin erreichten. Die

Luft war so kalt, dass ein Tropfen Wasser binnen eines winzigen Augenblicks gefroren wäre. Und selbst der schwächste Luftzug war scharf und schneidend wie eine Schwertklinge. Larkyen hatte noch nie eine ähnlich lebensfeindliche Umgebung erlebt.

Eine von Eis und Schnee bedeckte Ebene erstreckte sich vor ihnen. In ihrer Mitte ragte ein zerfurchter Monolith auf, über und über bedeckt mit eingemeißelten Runen.

„Dieser Stein wurde nach dem Fall seiner Brüder vom Kriegsgott Nordar errichtet." Elays Stimme war mit Ehrfurcht erfüllt. „Er erinnert an ihre Taten und den Kampf, der hier einst stattfand. Es ist lange her, dass ich diesen Ort des Grauens zum letzten Mal besucht habe."

In geduckter Haltung und lautlos schlichen Larkyen und Elay voran.

Nordar und sein Gefolge versammelten sich am Fuß des Monolithen. Vor einer frisch ausgehobenen Grube bildeten sie einen Halbkreis. Gewaltige Massen von Schnee und Eis hatten sie bewegen müssen, um die drei Stürme freizulegen. Ihren Vorsprung hatten sie deshalb längst eingebüßt.

Larkyen konnte Arnyan als den Kleinsten unter Nordars Gefolge gut erkennen. Sie blickten allesamt in die Grube, auf drei riesige nahe beieinander liegende Leiber.

Die Brüder Nordars, die drei Stürme, waren nur noch von einer dünnen Schicht aus Eis bedeckt. Der Blick ihrer geöffneten Augen war glasig und leer, ihre Münder in einem stummen Kriegsschrei erstarrt. Die Helme, die ihre Häupter bedeckten, zierte die blutrote Blitzrune. Deutlich hoben sich die Konturen ihrer Rüstungen von den reglosen Brustkörben ab. Und nur zu erahnen waren die zahllosen Trophäen, mit denen sie sich geschmückt hatten, seien es Schädel, Skalps, oder gar abgezogene Häute. Als warteten sie nur darauf in eine weitere Schlacht zu ziehen, hielt ein jeder der drei Stürme noch immer seine Waffe aus schwarzem Stahl in der Hand. Der erste besaß ein Schwert, der zweite einen Kriegshammer, und der dritte einen langen Speer.

„Noch sind sie tot", erklärte Elay. „Wir sind rechtzeitig gekommen. Doch nachdem die erste Opfergabe dargebracht wurde, wird Nordar seinen Brüdern je zehntausend Leben aus seinem magischen Schwert zufließen lassen. Der Stahl des Schwertes muss dazu die drei Leiber berühren."

Aus der Schar um Nordar traten fünf Gestalten hervor und kamen Larkyen und Elay mit schnellen Schritten entgegen. An ihren Raubtieraugen und den Waffen identifizierte Larkyen sie als Kinder der schwarzen Sonne.

Er hatte bereits erwartet, dass ihre Feinde früher Witterung aufgenommen hatten als ihnen lieb war.

Doch noch ehe es zum ersten Schlag kam, zog Elay sein Schwert und sprang den Feinden entgegen.

„Bekämpfe Nordar!" rief er Larkyen zu. „Voran. Für Frieden und Freiheit."

Mit seiner knabenhaften Gestalt war Elay längst nicht so mächtig wie Larkyen, doch er kämpfte wie ein Löwe und ließ niemanden entweichen.

Larkyens Herz wurde schwer, als er Elay zurückließ und sich der Grube näherte. Das Klirren der Schwerter ertönte jetzt häufiger, und irgendwann war ein Schmerzensschrei Elays zu hören. Larkyen lief weiter.

Der Kriegsgott und seine Anhängerschaft wandten sich zu Larkyen um. Larkyen sah Kverian und daneben Arnyan. Im Gesicht des Majunayknaben zeichnete sich nackte Angst ab.

„Tu es jetzt, Junge." Nordars Kopf fuhr herum zu dem Knaben. „Erinnere dich, weshalb du hier bist. Dann wird dein Vater leben, und auch du sollst wieder ins Leben zurückkehren. Alles wird gut werden."

Kverian grinste zufrieden, während er sagte: „Der Mund dieses Gottes verkündet nichts als die Wahrheit."

Daraufhin stieß der blonde Kedanier den Knaben auf die reglosen Leiber der drei Stürme zu.

Arnyan hielt einen Dolch in seiner rechten Hand. Zitternd kniete er sich vor den drei Stürmen in den Schnee. Er setzte den Dolch an seine Brust.

Arnyan begann zu schluchzen. „Hört mich an, ihr drei Stürme. Höret eure Namen: Eastyr, Westara, Sodian. Freiwillig übergebe ich euch mein Leben."

„Es ist eine Lüge", keuchte Larkyen. „Sie bringen nicht das Leben, sondern den Tod ... nur den Tod!"

„Welche Wahl habe ich?" wimmerte der Majunay.

„Arnyan, denk an deinen Stamm, an deine Mutter. Sie erwarten dich in eurer Heimat." Larkyen rief die Worte, die ihm die Mutter des Knaben aufgetragen hatte, so laut aus wie er nur konnte. Vergebens.

Arnyan rammte sich den Dolch in die Brust. Der Knabe stieß ein Glucksen aus. Blut rann an seinen Mundwinkeln herab, und er fiel in den Schnee.

Ein Zucken durchfuhr die drei Stürme und ließ ihre Hülle aus Eis und Schnee knirschen. Ein Windstoß kam und brachte den Klang dreier Männerstimmen mit sich, die von flammender Wut erfüllt waren. Sie verkündeten Botschaften von Krieg, Gesänge des Hasses und Lobpreisungen des Stahls.

Die erste Opfergabe war dargebracht, und die Geister von drei Tyrannen wurden beschworen.

Nordar trat vor die drei Leiber und begann in einer Sprache zu sprechen, die Larkyen nie zuvor gehört hatte. Sie klang alt und ehrwürdig und schien bereits gesprochen worden zu sein, als die vier Stürme noch gemeinsam die Welt heimgesucht hatten. Und als hätten diese

Worte etwas in Kaerelys zum Klingen gebracht, erstrahlte das Schwert plötzlich in gleißendem Licht.

Währenddessen rief Kverian: „Der Leben Dreißigtausend, und alle für euch. Möget ihr lebendig sein, möge euer Tod besiegt sein. Zehntausend Leben für dich, Eastyr! Spüre die Berührung des Schwertes, spüre wie Leben dich erfüllt. Heil Eastyr!"

„Heil Eastyr!" fielen die anderen Kedanier in den Chor ein.

Der Kriegsgott senkte das Schwert Kaerelys dem Körper des ersten seiner Brüder entgegen. Doch noch ehe die magische Klinge dessen Leib berühren konnte, hatte Larkyen den Kriegsgott erreicht und trat ihm die Klinge aus der Hand.

Nordar schrie auf, seine Augen verfolgten den Flug des Schwertes. Klirrend prallte Kaerelys gegen den Monolithen, bevor es herabsank.

Erst jetzt sah Larkyen die graue Gestalt, die in gekrümmter Haltung am Rande der Grube aus dem Schnee emporragte. Das Schwert streifte sie nur, doch dies genügte, um sie für einen Augenblick in blaues Licht zu hüllen.

„Der Himmelsgott", keuchte Kverian entsetzt. „Zehntausend Leben für den Himmelsgott."

Es war das erste Mal, dass Larkyen derartige Furcht in der Stimme eines Kedaniers vernahm.

Der Himmelsgott wurde von heftigem Zucken heimgesucht. Langsam erhob er sich. Eis blätterte von ihm ab. Was so lange Zeit geruht hatte, war nun zu neuem Leben erwacht.

Er war von hohem Wuchs gleich Nordar, jedoch von hagerer Statur, und stand auf langen, dürren Beinen im Schnee. In seiner geschlechtslosen Nacktheit mutete er dennoch menschenähnlich an. Seine Haut war mit spitzen Schuppen besetzt, darunter zeichneten sich sehnige Muskeln ab. Der Brustkorb war im Vergleich zum Rest des Körpers außergewöhnlich breit, und barg deutlich sichtbar, zwei Dutzend Rippen in sich. An jeder Hand hatte der Himmelsgott sieben Finger, die an das dürre Geäst eines kahlen Baumes erinnerten und in langen Krallen endeten. Der kahle, ohrlose Kopf verjüngte sich dornenartig zum Nacken hin. Zwei lidlose, schwarze Augen saßen in kantigen Höhlen, anstatt einer Nase klafften zwei Nüstern, und ein lippenloses Maul entblößte spitze, kalkweiße Zähne.

Schnaufend atmete der Himmelsgott die kalte Luft ein. Seine Finger krümmten sich zusammen. Die von vielen Gelenken getriebene Bewegung glich denen von Spinnenbeinen. Zähflüssiger Schleim troff zwischen den Zahnreihen hervor und dampfte in der eisigen Luft. Ein hoher Schrei drang aus seiner Kehle und hallte in den Bergen wider.

„Was hast du da getan?" sprach Nordar anklagend zu Larkyen.

Das tierähnliche Gesicht des Kriegsgottes hatte sich zu einer zornigen Fratze verzerrt, und noch einmal schlug er mit seiner Axt nach Larkyen.

Larkyen duckte sich, entging dem Hieb und eilte so schnell er konnte in die Grube, zu dem Schwert Kaerelys. Es steckte nicht weit entfernt vor dem Himmelsgott im Schnee.

Nordar verfolgte ihn wider Erwarten nicht, sondern verharrte in seiner Position.

Mit jedem Schritt jagten Larkyen Schauer über den Rücken. Er wagte nicht zu hoffen, dass dieser Feind seines Feindes ihm freundlich gesonnen sei und war auf einen Angriff gefasst. Während sich seine Finger um den Griff des Schwertes schlossen, sah er hinauf zum Himmelsgott, dessen Angriff jedoch ausblieb. Ihre Blicke trafen sich. Larkyen wurde von schierer Furcht gepackt. Diesem Gott, diesem Wesen, haftete eine Aura von archaischer Macht an – jenseits von allem, was er sich hatte vorstellen können. Mit Kaerelys in der Hand kletterte Larkyen aus der Grube hervor.

„Alter Feind", knurrte Nordar dem Wesen entgegen, „so kehrst du also ins Leben zurück."

Die schwarzen Augen des Himmelsgottes waren auf den Kriegsgott gerichtet. Mit hoher und kalter Stimme begann er zu sprechen: „Führen wir zu Ende, was einst begonnen wurde!"

Nach diesen Worten reckte der Himmelsgott beide Arme empor und ein Schwall aus Feuer entrann seinen Fingerspitzen und fegte auf Nordar zu.

Die Flammen ergriffen Besitz von Nordars Leib und er brannte in einer lodernden Säule. Unter seinen Füßen schmolz der Schnee und legte grauen Fels frei. Der süßliche Gestank von verbranntem Fleisch schwängerte die Luft.

Nordar trat schweigend aus den Flammen heraus. Von seinem Leib stiegen schwarze Rauchschwaden auf. Mehrere seiner Hautschichten waren längst verzehrt, doch heilten jene Wunden, noch während er auf den Himmelsgott zuhechtete.

Der Himmelsgott stampfte mit dem rechten Fuß auf. Daraufhin erbebte der Boden, Risse bildeten. Riesige Gesteinsbrocken brachen plötzlich daraus hervor, erhoben sich schwerelos in die Luft und prasselten wie Geschosse auf Nordar nieder.

Nordar ließ sich nicht aufhalten und nahm auch diese Verwundungen beiläufig zur Kenntnis.

Unaufhaltsam prallte er auf seinen Feind und schlug mit seiner Axt zu. Der dunkle Stahl grub sich mit aller Gewalt in den Brustkorb des Himmelsgottes hinein.

Doch der Himmelsgott war längst nicht besiegt. Die Krallen seiner sieben Finger fegten über Nordars Oberkörper hinweg und ließen Teile der stählernen Rüstung bersten. Ein zweiter Hieb bearbeitete das Gesicht des Kriegsgottes, riss tiefe Furchen in die Haut und legte vereinzelt sogar den nackten Knochen bloß.

Die Axt entglitt den Fingern des Kriegsgottes und sank in den Schnee.

Die Kedanier fielen in den Kampf ein, ihre Waffen jedoch vermochten die schuppenartige Haut des grauen Riesen nicht zu durchdringen.

„Für Nordar!" brüllte Kverian. Dies sollten die letzten Worte des Kriegsschamanen sein.

Wie als Rache für diesen zwecklosen Angriff wurden alle Kedanier von unsichtbarer Kraft in die Luft gehoben und binnen eines Atemzuges einfach zermalmt. Ihre Überreste fielen als blutiger Brei in den Schnee.

Nur beiläufig nahm Nordar von der Vernichtung seiner Untertanen Notiz. Kurz wandte sich sein Blick den Überresten zu, bevor er knurrte: „Alter Feind, deine Macht ist noch immer groß!"

Nordar wand sich im Griff seines ältesten Feindes, schlug immer wieder mit seinen riesigen Fäusten zu. Dumpf verebbten die Schläge auf der schuppigen Haut des Himmelsgottes.

Währenddessen ergriff Larkyen die riesige Axt des Kriegsgottes. Ihr Schaft war so lang wie er selbst. Dann lehnte er das Schwert Kaerelys gegen den Monolithen. Mit beiden Händen setzte er zum Schlag mit der Axt an. Mit all seiner Kraft ließ er das mächtige Blatt auf die blau schimmernde Klinge niederfahren.

Der Aufprall war wie ein Donnerschlag. Der Monolith knickte unter der Wucht wie ein Grashalm. Und begleitet von einem erzürnten Schrei Nordars zerschellte Kaerelys' Klinge in lauter winzige Stücke. Der Schaft der Axt vibrierte und erhitzte sich schlagartig, so dass Larkyen die Waffe wieder in den Schnee fallen ließ.

Die Energie von zwanzigtausend genommenen Leben wurde abrupt freigesetzt und entlud sich in blauen Blitzen, die nun auf Larkyen übergingen und ihn umhüllten.

Larkyen glaubte verbrennen zu müssen, doch gleichzeitig spürte er, wie eine gewaltige, flutartige Stärke seinen Leib erfüllte. Zwischen seinen Fingern knisterte die Energie und wanderte kribbelnd über seine Haut hinweg.

Nur langsam beruhigte er sich wieder.

Dann sah er dem Kampf der ältesten aller Götter zu, deren riesige Gestalten von den letzten Sonnenstrahlen beschienen wurden. Larkyen würde sich nicht in dieses Gefecht einmischen. Er verspürte große Ehrfurcht. Ein Gott der Erde stritt gegen einen Gott des Himmels. Zwei Wesen, die schon existiert hatten, als das Angesicht der Welt noch ein anderes gewesen war. Doch auch sie unterlagen dem uralten Gesetz, das schon seit dem ältesten alle Tage galt: In der Natur gibt es immer jemanden, der stärker ist.

Nordars Rüstung war längst zerfetzt, sein Leib von klaffenden Wunden übersät. Feucht glänzend baumelten lange Stränge von Eingeweiden aus der Bauchhöhle heraus. Hals und Gesicht des Kriegsgottes waren aufgerissen, in der blutigen Masse zeichneten sich bleich und deutlich die Knochen ab.

Diese Verletzungen, die von den Krallen des Himmelsgottes zeugten, wollten nicht heilen. Den Tod schienen sie Nordar jedoch nicht zu bringen.

Auch der Himmelsgott trug Spuren ihres Kampfes. Der Brustkorb war aufgebrochen, die vielen Rippen spreizten sich weit vom Oberkörper ab, und aus seinem Inneren troff eine zähe, graue Flüssigkeit, die sich dampfend wie kochende Lava in den Schnee ergoss und erhärtete.

Im Kampf vertieft, näherten sie sich der Ostseite des Gipfels. Nur wenige Schritte trennten sie noch von der Steilwand und dem Sturz hinab in die Schreckensschlucht. Dann geschah es ...

Bei der rasenden Schnelligkeit ihrer Bewegungen war nicht mehr erkennbar, wer zuerst über den Gipfelrand fiel. Doch keiner der alten Götter schien von seinem Gegenüber ablassen zu wollen. Sie umklammerten einander, während sie gemeinsam ins Leere stürzten.

Larkyen verfolgte ihren Fall soweit er hinabsehen konnte. Die beiden Gestalten wurden kleiner und kleiner…

Und irgendwo auf dem Grund dieser tiefsten Schlucht der Welt würden sie aufschlagen.

Larkyen wusste nichts über den Himmelsgott, doch über eins war er sich im Klaren: Was so alt war wie Nordar konnte nicht einfach sterben, auch wenn der Kriegsgott lange Zeit benötigen würde, um wieder zu alter Kraft und Stärke zu gedeihen. Möglicherweise würden Jahre ins Land ziehen, vielleicht sogar Jahrzehnte. Eines Tages jedoch würde Larkyen dem Kriegsgott wieder begegnen.

Larkyen kehrte den Leibern der drei Stürme den Rücken.

Den Griff des Schwertes Kaerelys hatte er zu sich genommen. Ein Relikt der geborstenen Klinge ragte noch heraus. Das bläuliche Schimmern war einer matten, dunklen Oberfläche gewichen. Seine Erinnerungen ließen nicht zu, dass er die Waffe hier oben zurückließ.

Larkyens Herz wurde mit jedem Schritt zunehmend von Trauer erfüllt. Dort, wo er sich von Elay getrennt hatte, sah er leuchtendes Blut im Schnee.

Der König Kanochiens lag inmitten von fünf erschlagenen Feinden. Sein knabenhaftes Gesicht war blass, zeugte von Schmerzen und Erschöpfung. Er atmete stoßweise, und seine Raubtieraugen blickten starr empor zum

Himmel. Elays Brust war blutüberströmt, noch immer steckte die dunkle Schwertklinge eines Feindes darin. Die Wunde war verheerend und würde dem König Kanochiens in Kürze den zweiten und endgültigen Tod bescheren.

Larkyen versuchte den Gedanken zu verdrängen, dass Kaerelys, als es noch unversehrt war, auch Elay hätte vor dem Tod bewahren können. Nun aber war jegliche Hoffnung vergebens.

„Larkyen", keuchte Elay.

Larkyen beugte sich zu seinem Gefährten hinab.

„Ist es vollbracht?" fragte der König. „Hast du den Kriegsgott aufgehalten?"

„Ja", antwortete Larkyen. „Und Kaerelys ist zerstört."

Er zeigte dem König die geborstene Klinge.

„Danke", flüsterte Elay. „Auch im Namen meines Volkes und dem aller Völker, die dem Untergang geweiht waren. Nun kann ich in Frieden sterben, so wie es schon vor Jahren hätte sein sollen. Unsere Begegnung war mir eine Ehre."

„Mir ebenso, König."

„Für Frieden und Freiheit", hauchte Elay, und seine Augen schlossen sich während eines letzten Atemzugs.

„Für Frieden und Freiheit", sagte Larkyen.

Larkyen verließ den Gipfel und machte sich auf den Rückweg.

Eine ganze Nacht und ein halber Tag verstrichen, ehe Larkyen wieder dorthin gelangte, wo die Brücke von Dylion über die Schreckensschlucht hinweggeführt hatte.

Er lief entlang des Abgrundes in östlicher Richtung, bis er die alte Hängebrücke entdeckte, von der König Elay ihm berichtet hatte.

Die Holzlatten der Brücke waren größtenteils morsch oder weggebrochen, und die Taue wirkten spröde und rissig. Dennoch ging Larkyen das Wagnis ein, um auf die andere Seite zu gelangen. Während er über die Schlucht hinwegkletterte, konnte er nicht anders als noch einmal in ihren Abgrund zu sehen. Zwischen Wolkenfetzen und tanzenden Schneeflocken lag nichts als Schwärze. Und irgendwo dort unten, in einer Tiefe die niemand sich auch nur vorzustellen vermochte, wo alle Schrecken der Welt ihren Ursprung hatten, würden die Leiber von Nordar und dem Himmelsgott in einem gemeinsamen Grab liegen. Larkyen wünschte sich, dass zumindest der Kriegsgott erfahren würde was Qualen sind. Er flüsterte in den Abgrund, hoffend dass ein eisiger Wind seine Worte hinab in die Eingeweide der Welt tragen würde: „Nordar, Kriegsgott des Nordens, verhasster Feind, mögen dich die Schrecken der Finsternis solange wie möglich heimsuchen. Erinnere dich stets daran, dass ich es war, der deine Pläne vereitelte. Dein Hass soll dich auffressen, so wie mich der meinige beinahe auffraß, und wenn der Tag gekommen ist, an dem wir uns wieder gegenüberstehen, werde ich darauf vorbereitet sein."

Beim Festungswall traf er wieder auf Tarynaar, Patryous und den Hauptmann mit Namen Yerik. Die beiden Unsterblichen waren unverletzt, und nur ihre zerschlissene Kleidung erinnerte noch an die Kämpfe, die sie hatten durchstehen müssen.

Die Rüstung des Hauptmannes war verbeult, sein Gesicht trug Kratzspuren, und seine Stirn war bandagiert.

„Larkyen", rief Tarynaar, „du lebst. Und ich spüre, dass du mächtiger zurückkehrst, als du aufgebrochen bist."

Larkyen präsentierte den Gefährten die abgebrochene Klinge des Schwertes Kaerelys.

„Es ist vollbracht", verkündete Larkyen.

„Gesiegt", flüsterte Patryous.

„Doch dieser Sieg hat einen hohen Preis gekostet", seufzte Larkyen und dachte an Elay.

Der Hauptmann wusste Larkyens Worte richtig zu deuten und sagte: „Da du allein kommst, ist unser König also tot."

„Ja, König Elay starb im Kampf gegen unsere Feinde auf der Spitze des Berges der drei Stürme."

Yerik seufzte laut.

„Die Gefahr ist gebannt, doch Kanochien zahlt einen hohen Preis dafür. Wie soll es für unser Land ohne König Elay weitergehen?"

„Die Zukunft ist ungewiss", sagte Larkyen, „doch denkt an den Wunsch eures Königs: Frieden und Freiheit. Baut darauf, und eure Zukunft wird gut sein."

Der Innenhof der Festung zeugte noch immer von der Schlacht gegen den Kriegsgott. Blut klebte an den Steinwänden, die Pfützen am Boden waren längst gefroren. Noch immer lagen Trümmer von Katapulten und des Eichenholztores verstreut umher.

Die meisten Soldaten, die sich Nordar und seinen Verbündeten entgegengestellt hatten, waren in der Schlacht gestorben. Die wenigen Verwundeten hatten schwere Verletzungen erlitten, und ihre Schreie hallten durch die Gänge. Nicht einmal die Hälfte von ihnen würde die nächsten Tage überleben.

Bei Sonnenuntergang saß Larkyen mit seinen Gefährten und vielen Soldaten vor einem großen Feuer. Während die Sterne über ihnen leuchteten und der Mond die Berge in fahles Licht tauchte, erzählte Larkyen vom Kampf auf dem Berg der drei Stürme, wie der Himmelsgott zum Leben erwachte und der König Kanochiens gestorben war. Diese Geschichte sollte noch oft erzählt werden und sich

über die Jahre auch unter den anderen Völkern der Welt
verbreiten.

Kapitel 7 – Schwarzer Stahl

In den Gängen der Festung war es still geworden. In einem der zahlreichen Gemächer saß Larkyen allein auf einer Liege. Ein Feuer knisterte im Kamin und schenkte ihm flackerndes Licht.

In seiner rechten Hand hielt er das geborstene Schwert Kaerelys und sah auf den nun so matten Stahl herab. Nachdenklich strich er an der Schneide entlang, die nach nur einer Handbreite ihr Ende nahm.

Er fühlte sich zurückversetzt an die Ufer des Kharasees, wo eine schicksalhafte Schlacht tobte. Das Tosen der Schlacht erklang, Kriegesschreie und ein Gewitter aus Stahl und Eisen fluteten das Gemach. Larkyen schloss seine Hand fester um das geborstene Schwert. Er sah die zerfetzten Leiber seiner Feinde in einen Sumpf aus Blut und Eingeweiden stürzen. Er fraß sich regelrecht durch die Reihen seiner Feinde hindurch, nahm soviel Lebenskraft auf wie er nur konnte, bis er sich regelrecht trunken glaubte und so mächtig war, als könne er die ganze Welt in seiner Hand zerquetschen. Es waren die Gedanken eines Raubtiers, eines Unsterblichen, eines Gottes, der in seinen Händen eine göttliche Waffe hielt. „Kaerelys", flüsterte Larkyen. Einer Reaktion gleich kroch eine schwache Vibration durch den Stahl. Manchmal hatte Larkyen geglaubt, dass jene Klinge von einem unheimlichen Leben erfüllt war. Vielleicht herrschte in der magischen Waffe sogar ein Wesen, das Larkyen als den Geist der Stahls bezeichnete. Wenn sein Gedanke auf einer Wahrheit beruhte, war jener Geist so gefräßig wie der Sohn der schwarzen Sonne.

Schon damals hatte Larkyen deutlich spüren können, was hier und jetzt für ihn gewiss war: Dieses Schwert war für ihn und nur für ihn bestimmt, ganz gleich, wessen Hände es einst zu welchem Zweck geschmiedet hatten.

Kaerelys war ein Teil von ihm selbst – ein Teil von Larkyen, dem Krieger der schwarzen Sonne.

In der Festung fanden am folgenden Tag noch immer Aufräumarbeiten statt. Die Wachen befanden sich auf ihren Posten und patrouillierten auf dem Wall, sowie im Inneren der Festung.

Patryous hatte sich beim Morgengrauen verabschiedet und die Festung in Richtung der kanochischen Zeltstadt Deryn verlassen. Dort würde sie den Heldentod des Königs verkünden.

Tarynaar hingegen war zusammen mit Larkyen noch geblieben. Gemeinsam liefen sie auf Tarynaars Geheiß durch einen der vielen Gänge.

„Du benötigst ein neues Schwert, Sohn der dritten schwarzen Sonne", sagte Tarynaar eindringlich. „Die Zeit ist gekommen, da du in das Wissen unserer Schmiedekunst eingeweiht werden sollst. Du wirst lernen, wie wir den Waffen magische Eigenschaften verleihen."

Er führte Larkyen in eine große Schmiede. Die Luft war noch warm und es roch nach Ruß. Vor einem Amboss verharrten sie schließlich.

„Ich möchte dir von den fünf mächtigsten Runen erzählen", begann Tarynaar. „Verkara, Indynor, Rowan, Swantaka. Und zuletzt Sigarya, die Blitzrune, das gewählte Zeichen des Kriegsgottes Nordar.

Die Magie für unsere Waffen entstammt diesen fünf altnordischen Runen. Übereinander angeordnet in den Stahl eingemeißelt, hauchen sie ihm Leben ein, verleihen ewige Schärfe, große Widerstandskraft und die Fähigkeit, einem der Unseren todbringende Wunden zuzufügen. Gegenüber der Macht der Runen ist ein Unsterblicher nicht länger unsterblich! Wir können heute nicht mehr mit Bestimmtheit sagen, wer diese Runen einst entwarf.

Denn zu viel ging durch unsere Kriege in der Vergangenheit verloren.

Doch es waren die Altvorderen, die die hohe Bedeutung der fünf Runen enträtseln konnten und seitdem über jene Art der Magie verfügten. Sie schmiedeten die ersten magischen Waffen und überlieferten ihr Wissen. Den Menschen ist es nicht bekannt, niemals dürfen sie davon erfahren. Also präge dir gut ein, was ich dich heute lehre."

Nur zu gern wollte auch Larkyen eine neue mächtige Waffe sein Eigen nennen. Doch welche Waffe würde er mehr mit seinen Taten verbinden als jene, die ihm bereits gehörte? Die Waffe eines Kriegers, ganz gleich ob menschlich oder übermenschlich, sollte etwas Persönliches sein.

Schließlich hielt er Tarynaar den Griff des Schwertes Kaerelys mit der abgebrochenen Klinge vor und sprach aus, was ihm seit Betreten der Schmiede im Kopf herumgegangen war: „Ich will, dass diese Klinge neu geschmiedet wird."

Tarynaar sah Larkyen ungläubig an.

„Bist du dir da wirklich sicher?"

„Es ist mein Wille, meine Entscheidung."

„Denk daran, dass dieses Schwert einst von Nordar an Boldar überreicht wurde, um so viele Leben wie möglich mit Gewalt zu nehmen. Dreißigtausend Menschen mussten sterben. Auch wenn der Teil der Klinge zerstört wurde, der den drei Stürmen Leben schenken sollte, so wurde es dennoch nur erschaffen, um Unheil und Zerstörung über die Welt zu bringen."

„Die ursprüngliche Klinge ist zerstört, so wie es sein sollte", sagte Larkyen und teilte seine Gedanken mit dem Unsterblichen, während er erklärte: „Doch noch immer ist der Überrest dieser Waffe etwas Bedeutsames für mich. Es ist ein Relikt, es ist ein Symbol, es ist eine stählerne Erinnerung an jenen Tag, an dem ich meine Feinde vernichtete. Dieses Schwert ist mein! Als der Bezwinger Boldars bin ich der rechtmäßige Eigentümer. Ich kenne seinen Namen. Und bis der Tag kommt, an dem ich selbst besiegt werde, soll dieses Schwert von meiner Hand geführt werden."

„Nun, so sei es. Ich will in deine Stärke vertrauen."

Die Schmiedearbeit war für Larkyen nichts Fremdes. Er verstand sich auf Messer und kleinere Beile, hatte jedoch noch nie eine Schwertklinge geschmiedet. Umso größer war sein Drang, auch diese Kunst zu erlernen.

Ein paar Schritte zu seiner Linken stapelten sich auf einem Steintisch mehrere handflächengroße Stahlblöcke, in die der kanochische Löwe eingemeißelt war.

„Stahl von derartiger Reinheit findet sich nur in wenigen Schmieden der Welt wieder" erklärte Tarynaar. „Er ist so selten und einzigartig, wie die Waffen die wir daraus fertigen."

Zusammen heizten die beiden Unsterblichen das Schmiedefeuer. Als es endlich heiß genug brannte, nahm Tarynaar einen der Blöcke und hielt ihn mit der Zange tief in die Glut hinein. Erst als das Metall weiß glühte, war der richtige Moment gekommen, um es auf den Amboss zu platzieren.

Larkyen begann den Block mit einem schweren Schmiedehammer zu bearbeiten. Die Kraft seiner Schläge war gewaltig, rasch verlieh er dem Metall eine neue Form. Er benötigte viel Geschick, um auch das Bruchstück der geborstenen Klinge einzuarbeiten.

„Eisen zu Stahl, bestimmt zur Vereinigung mit Runenkraft. Heiliger Stahl, bestimmt zu vernichten die Feinde die da kommen", flüsterte Tarynaar, während er den Stahl wieder mit der Zange ergriff und in einem Wasserbecken abkühlte. Dampf stieg auf.

„Beginne sofort mit dem Schärfen", erklärte Tarynaar.

Also bearbeitete Larkyen die Klinge an einem Schleifstein, danach polierte er den Schmutz von der Oberfläche. Die Klinge war nun blank und silberfarben, doch wie eine böse Erinnerung an dreißigtausend genommene Leben, zeigte sich deutlich das noch immer schwarze Bruchstück.

In Tarynaars Gesicht spiegelte sich Sorge wider, dennoch wirkte der Unsterbliche überaus beherrscht und konzentriert. Mit seiner Hilfe meißelte Larkyen die fünf Runen in den Stahl hinein. Die erste Rune war sichelförmig, die zweite kam einer pfeilförmigen Spitze gleich, die dritte ähnelte einem Geweih, es folgten ein Kreuz mit gezackten Enden und zuletzt der Blitz.

Plötzlich flackerten die Runen auf und verschwanden binnen eines Atemzuges. Daraufhin färbte sich der Stahl gänzlich schwarz.

Unter seinen Fingern konnte Larkyen spüren, wie die Waffe begann, auf unheimliche Weise Energie auszustrahlen.

„Berühre das Schwert mit deinen Lippen und flüstere seinen Namen", sagte Tarynaar.

Larkyen tat wie ihm geheißen und führte den Stahl an seine Lippen. Dann flüsterte er: „Kaerelys."

Langsam begann der dunkle Stahl wieder zu erglühen, rötlich, gleich den magischen Waffen aller Unsterblichen. Tarynaar legte die Stirn in Falten und musterte Kaerelys.

„Die Waffen, die wir Kinder der schwarzen Sonne schmieden, erstrahlen hell, wenn wir ihnen Namen geben und diese aussprechen", murmelte er. „Dennoch kann ich dich nur warnen, Larkyen. Wenn ich es auch nicht mit Sicherheit weiß, so hege ich dennoch die Vermutung, dass dieses Schwert einen Teil seiner ursprünglichen Natur behält. Möglicherweise frisst es noch immer die Leben all jener, die durch seine Klinge den Tod finden. Es könnte eine Gefahr darstellen und eines Tages doch noch der Wiedererweckung der drei Stürme dienen."

„Dies wird nicht geschehen", entgegnete Larkyen. „Der Hüter dieser Waffe bin nun wieder ich. Und ich habe genug Macht, um mich jedem Gegner zu stellen."

Larkyen betrachtete den rötlich schimmernden Stahl des Schwertes Kaerelys im Schein des Schmiedefeuers. Er sah den Tod seiner Feinde vor sich, und wie ihr Blut floss, und er spürte das Feuer der heiligen Rache in sich lodern und konnte hören, wie sich das Knistern mit der Stimme seines Blutes vermischte.

Er ließ Kaerelys auf den Amboss niederfahren. Ohne den geringsten Widerstand grub sich die Klinge in das massive Eisen.

Nachdenklich sagte Tarynaar: „So bist du deines eigenen Schicksals Schmied, Larkyen."

Kapitel 8 – Treue Gefährten

Die Zeit war gekommen, um wieder den Weg nach Westen anzutreten.

Und so ließ sich Larkyen am nächsten Morgen von einem Stallburschen sein Pferd bringen. Der Bursche war sichtlich erleichtert, als Larkyen die Zügel des riesigen Pferdes ergriff. Das Tier hatte eine deutliche Zuneigung zu Larkyen entwickelt, und ihm selbst erging es mit dem Hengst nicht anders. Er strich ihm durch die buschige Mähne, dann sagte er: „Ein Gefährte wie du braucht einen Namen. Ich weiß nicht, wie dich der Nordmann nannte, der einst dein Herr war, doch ich will dich Alvan nennen, nach dem Bruder, den ich einst hatte und der mir ein ebenso treuer Gefährte war wie du es bist."

Dann schwang er sich auf den Rücken des Pferdes.

Während er über den Festungshof ritt, kam er an vielen Soldaten vorbei. Die Männer verneigten sich vor ihm und zeigten auf diese Weise ihren Respekt. Auch Hauptmann Yerik war unter ihnen. Noch immer zeugte der Ausdruck in seinem Gesicht von Trauer um König Elay, doch auch von Stolz.

Tarynaar erwartete Larkyen vor dem Festungswall, wo die befestigte Straße zurück zum Pass nach Westen führte.

Seine Rüstung mit den breiten Schulterpanzern glänzte, und sein langes Haar leuchtete im Morgenrot. Nun geht unser erstes gemeinsames Abenteuer zu Ende", sagte Tarynaar. „Und ich bin mir sicher, dass es nicht das letzte war."

Er überreichte Larkyen eine Landkarte aus gegerbtem Leder. In feiner Gravur zeigte sie den Pass nach Westen, sowie die umliegenden Teile des Altoryagebirges mitsamt den Nachbarländern.

„Von Kanochiens östlicher Grenze aus sind es noch 180 Tagesritte bis nach Kentar", sagte Tarynaar. „Bald werde auch ich weiter nach Westen ziehen. Doch bis es soweit ist, besuche ich die Zeltstadt Deryn, wo Patryous auf mich wartet. Zusammen werden wir den Kanochiern dabei helfen, einen neuen König zu erwählen, der den Anforderungen gewachsen ist und ganz im Sinne von Elay handeln wird."

„Frieden und Freiheit." Flüsternd zitierte Larkyen die letzten Worte des toten Königs.

„Ja – und dir, Sohn der dritten schwarzen Sonne, eine gute Reise. Wir werden uns wiedersehen."

Larkyen zweifelte nicht daran und ritt los. Kurz formten sich seine Mundwinkel zu einem Lächeln. Der Gedanke an treue Verbündete, an Freunde, war etwas, das Trost bringen konnte in dieser Welt.

Und das erste Mal seit vielen Tagen hoffte er darauf, dass vielleicht auch der Schmerz in seinem Herzen eines Tages heilen würde. Doch bis dahin sollte noch viel Zeit verstreichen. Viele Abenteuer musste er noch bestehen, und all jene Menschen die sie hörten und lasen, sollten seinen Namen niemals vergessen: Larkyen.

Epilog

Auf dem Grund der Schreckensschlucht, dem tiefsten Abgrund der Welt, herrschen Stille und Finsternis. Die Luft ist stickig und von heißen Gasen durchsetzt, deren Gifte das Atmen unmöglich machen und jegliches Leben ausgelöscht haben.

Der rauhe Felsboden ist von Rissen übersät. Schwaches Leuchten dringt daraus hervor, vermag zeitweise sogar die Finsternis zu erhellen. – Ein Zeugnis von den Strömen aus flüssigem Feuer, entsprungen den endlosen Glutöfen im Inneren der Erde.

Hier liegen die Überreste zweier Götter. Ihr Fleisch und Blut schmückt die Felsen, ihre Gebeine sind verstreut.

Und auch wenn Nordars Schädel, vom Rumpf getrennt, auf heißem Gestein liegt, so ist der Kriegsgott dennoch nicht tot.

Erinnerungen rasen durch einen Geist, der älter ist als alles, was irgendwo auf der Oberfläche der Welt lebt.

Es sind Erinnerungen an Schlachten und Kriege, an unzählige Siege und nur wenige Niederlagen. Die Gedanken eines Kriegers, der an das Leben der Stärksten und Mächtigsten glaubt und dem Tode trotzt und ihn verachtet.

In den Überresten seines Brustkorbes beginnt sich das große starke Herz wieder zu regen. Und es ist, als hallten die Schläge von Trommeln durch die Finsternis.

Der Weg aus dieser Finsternis wird lang sein, doch eines Tages werden die Raubtieraugen des Sohnes der ersten schwarzen Sonne wieder Tageslicht sehen. Seine Hände werden die mächtige Axt Gezarynus ergreifen, und all die Feinde, die sich sicher geglaubt hatten, werden vor Angst vergehen und im Angesicht des leibhaftigen Krieges zerschmettert werden.

Der Gott des Krieges

Denn in der Natur gibt es immer jemanden, der stärker ist.

Anhang

Länder

Kanochien – Ein kleines Reich, inmitten der Berge des Altoryagebirges. Kanochien besitzt den Status politischer Neutralität und mischt sich selten in die Konflikte anderer Länder ein.

Seine Herrscher bemühen sich seit langer Zeit vergeblich, Frieden unter den Völkern der Welt zu stiften.

Die Kanochier sind ein friedliches Volk. Und auch wenn sie über eine beachtliche Anzahl an Soldaten verfügen, gibt es kein Zeugnis dafür, dass sie je an Kriegen beteiligt waren.

Kedanien – Ein kaltes Land voller Schnee und Eis, hoch im Norden der Welt. Die Heimat der kriegerischen Kedanier, die den Gott des Krieges Nordar verehren. Kedanier leben für den Krieg und die Eroberung und betrachten den Tod im Kampf als höchste Ehre. Sie kennen keinerlei Furcht, und ihr Glaube daran, allen Völkern überlegen zu sein, ist ihre einzige Schwäche.

Kentar – Ein kleines Land im Westen der Welt, an den Ufern des grauen Meeres gelegen. Das Volk der Kentaren unterlag im Verlauf eines lange andauernden Krieges seinen Feinden und wurde fast vollständig ausgelöscht. Die bewaldeten und hügeligen Landstriche sind weitgehend verwaist.

Das Banner der Kentaren zeigt einen weißen Wolfskopf auf schwarzem Tuch.

Majunay – Das Land der Steppe, im Osten der Welt gelegen, ist nur dünn besiedelt und überwiegend von Noma-

Der Gott des Krieges

denstämmen bewohnt, die mit ihren Pferden und Nutztieren durch die weiten Gräserebenen ziehen. Im östlichsten Teil des Landes, nahe dem Fluss Nefalion, liegt die einzige Stadt Majunays, Dakkai genannt. Dort ist die Mehrheit der gut ausgebildeten und gerüsteten Soldaten unter General Sandokar stationiert. Das Banner Majunays zeigt einen gewundenen schwarzen Drachen auf rotem Tuch.

Zhymara – Ein südlich an Majunay grenzendes Land voller Sand- und Steinwüsten. Die dunkelhäutigen Zhymaraner kämpften einst zusammen mit den Kedaniern gegen das Volk der Majunay und scheiterten bei dem Versuch, die Stadt Dakkai zu belagern.

Völker

Kanochier – Ihr Volk hat sich an das rauhe Leben im Altorygebirge angepasst. Da die kalte Witterung keine Landwirtschaft ermöglicht, führen die meisten Kanochier das Leben von Hirten. Sie gelten als gastfreundlich und friedfertig.

Kaysaren – Ein Stamm von Jägern, der die bewaldeten Gebirgskämme im Westen Majunays bewohnt. Die Kaysaren besitzen die außergewöhnliche Fähigkeit, mit ihrer Umgebung regelrecht zu verschmelzen und somit für die Augen anderer unbemerkt zu bleiben. Nur wenig ist über dieses zurückgezogen lebende Volk bekannt.

Kedanier – Ein Volk von Barbaren, das im hohen Norden der Welt lebt. Ihre Siedlungen sind über die weiten Schneeebenen verteilt. Kedanier sind größer und stärker als Menschen anderer Herkunft. Sie verehren Nordar, den Gott des Krieges. Ihr größtes Streben gilt dem Krieg und der Eroberung. Im Kampf zu sterben bedeutet für sie höchste Ehre.

Kentaren – Die Wölfe des Westens, wie sie auch genannt werden, sind durch einen lange währenden Krieg in alle Himmelsrichtungen verstreut. Nur noch wenig ist über dieses Volk bekannt, doch werden sie als tapfer und mächtig beschrieben.

Ursprünglich entstammen sie dem Volk der Kedanier aus dem hohen Norden. Und es heißt, sie seien auch vom kriegerischen Geist der Nordmänner erfüllt.

Zhymaraner – Sie sind hochgewachsen und von kräftiger Statur, ähnlich den Kedaniern. Doch ist ihre Haut so dunkel wie Ebenholz. Zhymaraner gelten als wild und ungestüm. Nur zu gern geben sie sich ihren Trieben hin und leben, wie es ihnen gefällt.

Ihr Volk breitet sich schnell über die Welt aus und erschließt ständig neue Territorien.

Kinder der schwarzen Sonne

Schwarze Sonne – Ein Himmelsphänomen, das bisher drei Mal in der Geschichte der Welt auftrat. Wann immer sich die Sonne schwarz färbte, wurden den während dieser Zeit geborenen Kindern außergewöhnliche Fähigkeiten verliehen. Jene, die diese Fähigkeiten ihr Eigen nennen, werden als Kinder der schwarzen Sonne bezeichnet.

Das Phänomen der schwarzen Sonne ist weitgehend unerforscht, und niemand kann erklären, wie und warum die Kinder der schwarzen Sonne ihre Fähigkeiten bekommen.

Der Gott des Krieges

Nordar – Der Gott des Krieges ist ein Sohn der ersten schwarzen Sonne und der letzte noch auf Erden Existierende seiner Generation. Er entstammt einem prähistorischen Zeitalter. Seine Kraft ist gewaltig, und er kann als der stärkste aller Kinder der schwarzen Sonne gelten.

Tarynaar – Der Gott der Kentaren ist ein Sohn der zweiten schwarzen Sonne. Während des Krieges im Westen verließ er Kentar und bewahrte Larkyen vor dem Tod.

Patryous – Die Göttin aller Reisenden ist eine Tochter der zweiten schwarzen Sonne. Sie stammt aus dem Osten der Welt.

Weitere Exemplare dieses Buches
können bestellt werden:

- in jeder Buchhandlung
- über das Internet unter
www.amazon.de
www.libri.de